餘燼再生

綠島外獄書

【續篇】

詹澈 著

自序

　　本想以一首序詩代替序言，不再說些贅語。但在出版社編輯要求下，還是寫幾個字了。在《綠島外獄書》前篇的序（附錄於書後）已說過，前後篇的詩最早的大約寫於十年前，總共三百八十首一萬餘行，在出版社的建議下，分兩次前後篇出版。前篇序中已提過，前篇趕在二〇〇七年台灣解嚴二十年的最後一個星期出版，是以另一種方式來紀念解嚴二十年。基本上都是情詩。我不敢說戒嚴時期或解嚴，對於曾在綠島政治犯監獄裡坐過牢的左派、右派思想，以及統獨立場的認識或不認識的朋友，他們或她們的人生餘燼僅存著愛情，或是已寫出了他們或她們在牢裡與牢外的愛情與婚姻，悲歡與離合。但我印象深刻的是楊逵與葉陶，記得是一九八〇年或一九八一年秋天，在楊逵東海花園爬滿九重葛或是葡萄藤的竹架下，楊逵抽著煙說著葉陶在監獄裡生下長子的事，而今孫子輩年長了，已是解嚴二十年，三代間的思想與思考模式，也是台灣歷史發展的一個小縮影。而現在還在北京養病的陳映真兄，我曾幾次問他生活、思想與愛情的難題，問他麗娜何以敢嫁給他，他屢次回答我重要的是愛情，是愛情。在他於一九七八年因鄉土文學論戰第二次被搜家逮捕時，我在驚惶中於台北車站遇見同樣驚惶與焦慮，但又表現了沉著與堅定的麗娜，在匆匆使過眼色即各奔東西的瞬間，我相信映真兄所說的是愛情，是愛情支撐著麗娜，至今還日夜無間的照顧著重病中的映真兄。而二〇〇六年施明德在

台北百萬人民反貪腐運動中，遭受卑劣的手段，民進黨中一部份人與陳水扁利用施明德坐牢時離異的前妻，說出令人難以接受的言語，我看著施明德只是含著眼淚說原諒她吧，不想反駁。看著他與現在的妻子帶著兩個幼兒，我想，這也是愛情，是愛情在他和她之間如流水般維繫或激盪著兩岸。還有更多識與不識、知與不知的。例如在綠島牛頭山上一些無名的墓塚，台北六張黎公墓中無法確認的共產黨人，與他們和她們的人生及愛情相較，我個人或許無法完全體會其間的苦難與掙扎，但我還是得這麼說，以我個人的經驗，以獨白或對話的語言替訴著那些不可捉摸的愛情，似乎也在考驗文字的承載涵量。

與中國古老醫學和哲學書籍《素女經》、《黃帝內經》及《道德經》相輝映的中國最早詩集《詩經》，是中國以詩的文字承載了最多有關愛情、身體與性、身體與勞動者、勞動者與統治者，以及大自然的關係，自詩經以後的楚辭、漢賦、唐詩、宋詞，乃至新詩發展至今，這個詩應有的內涵就幾乎斷層。這是我從有限的閱讀古詩和兩岸與華語世界的中文詩歌，並對自己作品加以反思的初淺看法，這不是一個像我這樣的詩人足以勝任詳加論述的，有識之士或可用更深廣的論文研究。

面對著這近乎三千年的詩史，站在因世界二次大戰後被冷戰架構隔離在台灣海峽東邊的台灣，或者說站在二十一世紀初，已似大中國邦聯版圖最東邊邊陲的蘭嶼與綠島，宏觀的思考著後冷戰（不是後殖民）的台灣新詩的發展，應不只是沈奇說的三大板塊論中，於李金髮的超現實主義影響下「橫的移植」至台灣的所謂現代主義詩群（何況台灣現代主義詩生長的土壤不同於現代主義詩祖，

即西方現代主義產生的土壤，它是不健全的，是在不足的
社會與思想基礎上生長的）。台灣的新詩發展至二十一世
紀，是面對著台灣海峽，猶如背負著中國五千年歷史下崑
崙山脈與黃土高原向東的「大陸」意識，再向東面對著西
太平洋，並為南島語系的發源地之一，一種新漢語體系的
詩的發展，而綠島和蘭嶼不僅已似大中國邦聯版圖的邊
陲，亦是歐亞大陸板塊與菲律賓海底板塊碰撞的中心，是
海洋與陸地的血肉，是海洋的兒子，陸地的女兒。此論點
在阿鈍的〈乘風快意海上來〉論文中已有提及，我不宜再
多言。從大山與江河至出海口，至海洋與島嶼，漢語新詩
的發展不只是現代主義詩似的獨白，而應是一種更廣闊的
類似海岸線與海浪的對話，而這對話的語言基礎，我同意
沈奇所說的是本土的與口語的。

　　這本詩集的出版，我已經歷了台灣的二次政黨輪
替、四川大地震、北京奧運之後，也經過一段日子的沉澱
與思考，再從這本詩集的校對中掙脫出來，寫出給四川大
地震後農民協會朋友的一首詩〈我去過你家〉，我又可以
再次出發，續寫我的「城鄉筆記詩」了。

方寸之地

在妳的島上岸以前
妳要我卸下所有的裝備與裝飾
包括衣服
在祂的島上岸以前
祂要我放下所有的所有
包括肉體

我還沒有交出死亡
身份與靈魂
只剩最後一丁點工具或是武器
能給妳的
是和身體連在一起的
在妳海洋的身體上寫詩的筆

能給祂的
是最後一丁點重量
這重量之輕
在李白浮士德與但丁荷馬之間
那就是我已經交給了妳
卻不能交給祂的一個身份

我沒有放下的
詩人的身份
在祂的面前令祂猶疑
這是最後的所有中的所有了
也是詩這個字裡
最後一口氣要說的語言
最後一塊方寸之地

93──── 輯二 拋棄所有的字母與發音

目次

161———— 輯三 那水聲已是叩叩的回音

189———— 輯四 隨手插上的一枝花

229—— 輯五 假使我的犁就是船

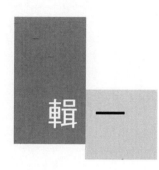

輯 一

第七天第七次

第七天第七次

在第七天第七次我們在第七識
夢與未夢之間是死亡或再生
從海洋四周七種顏色
向妳的島嶼漣漪著波濤著
向妳身體的三魂七魄
我仔細閱讀七種變化

第一次交歡我們用的語言
是少數民族與河洛古音
那時我是唐山公妳是阿立母
第二次交歡我們用的顏色
是荷蘭與西班牙
那時我是鬥牛妳是康乃馨
第三次交歡我們用的音樂
是燒餅歌與思想起
那時我是花鼓妳是三弦
第四次交歡我們用的文字
是金是滿是漢是甲骨
那時我是青銅妳是竹簡
第五次交歡我們用的姿勢
是一口氣來東太嬌的日字
是首上無毛腳無履的跪坐式
那時我是甘蔗妳是水稻
第六次交歡我們用的道具
是二二八台尺被扭曲的皮鞭

那時我在牢房妳在臥房
第七次交歡我們用的春藥
是印尼的榴槤越南的紅龍果
泰國的山竹
四川成都的水蜜桃廣東的增城荔枝

這時我已解嚴妳開始戒嚴
妳的母親只肯定第六次交歡才是交歡
在第七天第七次我們在第七識
第八識才能看見自己的靈魂
才覺悟自己的身體曾是自己的牢房
自己的意識曾是自己的惡夢
然而第八次
卻是第八夜後的第一天
切記不要再把夕照看成曙光
不要把祖國唸成詛咒

碩鼠與睢鳩

老鼠是沒有牢房也不怕牢房的
牠彷彿從地獄的地牢中來
從我牢窗的柵欄間爬進來
牠那在桔紅與灰黑之間的眼睛
在兔子與飛魚的眼色之間
拖著殘留的慾望似的尾巴
從牆角緩緩走向床底
此時
我在閱讀詩經中的「碩鼠」
大量的農民不滿官吏苛稅
成群結隊遠離故鄉
然而組織起來革命時
已是1949年中國共產黨土地改革
隔壁牢房的1949號
就是紅色地下黨的幹部
他比我紅比我專
他一定比我還早走向刑場

他用暗號在牆壁上叩響幾個字
「思念故鄉，祖國革命，思念愛人」
我翻到詩經的第一首詩「睢鳩」
有一隻水鳥從牢房外飛過
翅膀彷彿那幾根晃動的柵欄
那時的妳在河之洲
就已把我囚困了

用妳眼神的海洋和身體的島嶼
囚我在牢獄中終於明白
那一夜
我經過了妳身體的擺渡
才抵達了唯物背後的唯心
才有了相思與思想
才有了靈魂的重量

回頭來看見彼此

我們回過頭來看見彼此
我們的記憶
在兩片落葉中翻飛
落葉在自由或不自由的下沉
要獻身給泥土的情願
例如我們是
那兩隻回來看見再生的蝴蝶

我們沿著山稜線下飛到海岸線
在山稜線和海岸線交叉處
完成遠行的儀式
再向遠方的島嶼飛行
在我們記憶深處那座島嶼
就似一座墳塚
從海平面慢慢浮起

我們用雙翅努力鼓動著空氣
例如那兩片在翻飛中從綠色進化
或退化為紅色的落葉
在浪花中翻飛的蝴蝶
暴風雨中翻飛的我們
已在鼓起新世紀理論辯證的
蝴蝶效應

從遠方的古典
現在的後現代
我們用陽光影印再版例如傳真
──他和她來了
梁山伯與祝英台
在誦詩班的課堂上對視
如比翼鳥繼續向前飛行
如蝴蝶效應至
移山倒海海枯石爛
恍恍惚已是來世
我們回來

把那囚島似的墳塚裂開
解放那些無名骨的幽魂
當然
也解放被思想與愛情淹死
或冤死的我們
從柵欄裡出來
解開柵欄外的柵欄
當我們回過頭來看見彼此

時間的柵欄

我們隔著時間的柵欄
從牢窗看見陽光在浪潮中層層而來
例如從小學校鐵窗看見操場跑道線
看見海岸線向海面畫層層色彩
海岸線一直延伸至
雲要回去她故鄉的地方

那時
小學校操場來了馬戲團
我學會了小丑笑著哭的表情
（使我至今還深深佩服卓別林）
看著在鐵桶上輪走的熊和大象
在柵欄裡露出失望和疲憊眼神的老虎和獅子
不時畏懼的望著馴獸師掛在柵欄邊的鞭子

我都學習而又經歷了他們的心路歷程
從戒嚴至解嚴
從文革至改革
從柵欄裡的自由走向自由的柵欄
從一黨專政至政黨輪替
從小學校的操場至時代廣場

從馬戲團至政治舞台
從自由的柵欄至柵欄裡的自由

我們隔著時間的柵欄
隔著玻璃窗看著我們的私生子
他從小學校的鐵窗看著操場
是那麼無辜與孤獨
因為我們不敢承認彼此的身份
妳還在妳學校的圍牆裡
在知識的火圈中翻觔斗
用謹慎的姿勢走在前進的路上

而我還在妳只來過一次的小島上
從小學校的圍牆邊
隔著玻璃看著我們的私生子
等著下課了
例如放風的囚犯
他丟棄沉重的書包
笑著看我裝扮成小丑哭喪的臉
我們隔著時間的柵欄

越獄

每次見面都像是越獄
翻過鐵絲網圍牆
如翻過有著滾邊窗簾的窗口
陽光如海浪衝刺眼睛
海浪在圍牆下斷崖邊
露出凶狠又似訕笑的白牙齒
每次都會猶疑一下
然後勇敢的縱身一跳——

入妳的海裡
在妳的海裡游泳
為了登上靈魂的島嶼
我必須渡妳身體的海
借妳身的一葉扁舟
妳清楚的看著我在妳懷裡
划動四肢
例如嬰兒學步前的爬行
例如鯨魚划動退化的腳鰭
例如白堊紀的獸與昆蟲
從過去的基因
從過去的結緣（從過去的戒嚴）
向未來的解緣（向未來的解嚴）
向未來蛻變
在妳的船上擺渡

我們知道遲早要
離船上岸

但我們划得很慢
妳的波浪妳的舷
妳的漣漪妳的眼
妳的島嶼妳的海
妳知道
我不是歸鄉的奧德賽或尤里西斯
不是鄭和第七次下西洋時逃難的水兵
不是被放逐的皇帝
我只是在妳海上用槳寫詩的囚犯
我只是又一次越獄

憐蛾不點燈

牢窗外有擊鼓的聲音
昨晚尚聽見蚊蛾赴死衝撞窗玻璃
她們飛越曠野黑夜
以為穿過牢窗的柵欄就能
親炙牢房裡的燈光
今晨都成為陽光下窗玻璃上的葉斑
而牢窗外仍有人在擊鼓
這是漲潮
海浪衝擊岩岸的聲音很結實
似魚陽皮鼓動地來
也像遙遠非洲的鼓聲
例如雨點打在窗玻璃
例如那些浪花逐步下降在礁岩上
成為礁岩上凝固的石斑
這是漲潮是妳要靠岸的日子

昨夜那些赴死飛陷的妳先遣的使者
使我不敢再打開牢房的小燈
（妳知道蘇東坡也憐蛾不點燈）
就如有時我不敢看見太陽
深怕它的顏色就是我的思想
就是我的思想使我赴死的飛向這牢房
而這牢房也是妳的
在等待死亡與等待漲潮之間
在柔軟的水與堅硬的岩石之間

我深怕牢窗外有人擊鼓
猶如觸動手銬腳鐐的聲音
而牢窗外又有人擊鼓
猶如心臟跳動
是否妳來敲門的聲音

日蝕著笑容

日蝕時
日思著
如何把牆壁上的裂紋組合
成為妳的笑容
把牢窗外的海岸線拉過來
每道波浪都是線條
從陽光斜照的空隙
逐漸浮起妳的笑容

那笑容隨著海浪向我靠近
使小島浮起一百六十三公分
剛好是妳的高度
是愛情加上思想的等高線
可以使更久遠的家國改變歷史
例如海倫或蒙娜麗莎的微笑
在楊貴妃與宋慶齡之間
使我在島上的思想傾斜

海底板塊的裂痕又出現岩漿
比目魚無法忠貞於深海
雙雙浮游上來
在我雙眼之間
出現雙魚的陰影
例如太陽正日蝕著月亮
牢房正日蝕著我的肉體

我的肉體
日蝕著
妳的重量

紅鸚鵡

記得那時我們是兩隻紅鸚鵡
聽見白頭宮女話玄宗
她們被我們的彩羽迷惑
忘了我們學舌的本能
我們複誦了她們的對話
她們被打進更冷的後宮
在靠近死亡的牢房外
看見牢房裡的死亡

那時我們忘了那兩隻紅鸚鵡
在我們相會的窗外看著
我們鼓動著曾經學舌的舌尖
向對方的深處甜舔
並呼喚著對方的名字
那太聰明又極愚蠢的兩隻紅鸚鵡
不僅學著我們的姿勢
複誦我們的呢喃與呻吟
並呼出我們曾經喊過的口號
致使妳流放海外
我進入牢房
我們痛恨那些學舌告密的傢伙

如今我卻盼望學舌的鳥
來到我的牢窗聽我講話
牠舌頭的記憶就是我的信

向妳的窗口傳遞
然而每年飛越千里來到窗口的侯鳥們
總是忠於牠們的本性
只知季節的顏色
不知相思與思想的痛苦

例如那兩隻紅鸚鵡
根本不知道紅色思想是什麼
就跟著說紅色思想是什麼
就跟著說我好想妳我好想你
我好想我的祖國我的共和國
此時那兩隻紅鸚鵡
在牢窗外
吃著獄中管理員餵的食物

島之伴侶

我記得妳是被一隻孤獨而孤傲的大鷹
挾持到島上
那時妳還是妳
妳被天神化身的
那隻好色飢渴的大鷹
挾持在空中飛行
妳的身體懸在空中是一個驚嘆號
──流傳了四千年的神話
至今沒有人知道妳被挾持在空中飛行時
那一段過程妳想的是什麼
（也許妳喜歡那一段被挾緊的溫度與疼痛）

但妳父親河神阿索帕斯把妳變成一座島嶼
他認為妳不願被天神宙斯挾持
不願被掌控不願被進入
此時妳已不是妳
那座島嶼就是妳的名字愛琴娜
我在海底大聲呼喊
愛情哪──
日復一日
至今──
我是另一座島嶼
在熱帶與亞熱帶的海界中
歐亞大陸板塊與菲律賓海底板塊

撞擊拱上的一座島嶼
在上升的不安中
我記得一個人的名字

一個陸地上的國王薛西佛斯
向天國盜火給人間的人
只因目睹天神之色慾
且知道妳被挾持的所在
他和妳父親河神交換水救自己的子民
他成為洩密者
從此遭天譴打入地獄
推著永遠無法上山的巨石
日復一日
至今──
我就是
那顆上山而露出海面的巨石
我一面呼叫著他呀薛西佛斯再見了
一面上升一面把神話還原為真實
四千年後的甦醒
只為了能成為一座島嶼
和也是一座島嶼的妳成為海洋上的伴侶

愛琴娜

我躺在妳的島上
向匆匆走過的雲高喊
愛情哪——
聲音穿透天空透明的藍玻璃
箭一樣射過太陽
射過太陽神耳邊
抵達太陽後面那個星球時
愛情哪——的聲音
就變成了愛琴娜的名字
妳和妳的島
都變成了愛琴娜島
在希臘

我用我的文字
用最簡單又最複雜的詩的排列
把那則傳說變成看得見的化石
把化石話成一個島
把島畫成妳的身體
我躺在妳的島上
使愛琴娜的愛情神話復活了
妳不必再抱怨父親把妳變成島的牢房
不再懼怕天神追索了
妳就是現在的妳
呼吸起伏如愛琴海的水波

只要活著
就等於是會有死亡和腐敗
就不會是不死的愛琴娜島了
只要能活著去愛哪

那一個蘋果

蘋果是寒帶水果但帶有溫和的顏色
猶如妳的過去心與現在成熟的身體
例如妳從從前住的地方來到我身邊
在亞熱帶與熱帶之間
一個在寒流中帶有溫和的顏色的島
一個像蘋果一樣的島

在我們之間
妳要我變成一顆蘋果從我手上拿給妳
妳要我變成一顆蘋果在妳手上
我就給妳看真正的三個蘋果
一個是牛頓的
一個是夏娃的
一個是引起特洛伊戰爭的三個蘋果中的一個

妳猜我是哪一個
妳會是哪一個
我是牛頓的蘋果
終於使人類知道為什麼人身再也飛不起來
妳是夏娃的那一個
終於使人類知道人身為什麼再也輕不起來
我們兩個再去尋找特洛伊戰爭中
失去的第三個蘋果吧
如果今世
妳真的是海倫

妳張開身體的兩岸
我就變成奧德賽
在妳身體的海洋中流浪
妳公開思想的兩岸
我就預感現代版的特洛伊戰爭
我不想看見
我寧願是眼瞎的荷馬
在妳的島上清楚的看見妳

不必害怕懷孕

因為懷疑自己懷孕
敏感的妳立刻住進自己的病房
其實那只是在身體起伏的海波中
一個浮出海面的小島
我曾經在上面觀望妳的肚臍
妳靜美的鼻樑和眉灣
不必害怕懷孕

不必害怕一個島會包裹另一個島
一個島會鑲嵌在一個島裡
不是死的貝殼和化石
我們活著還有繁殖能力
但妳不必害怕自己懷孕
不必懷疑我的失誤
不必懷孕我的失憶
請離開妳的病異和病房
就能離開妳的勞役和牢房
妳的病異就是我的記憶
妳的勞役就是他的性慾
妳的牢房就在我的島裡
而我的島就在妳的身體裡
妳是海
妳是過去的現在的未來的孩子的海
不必害怕懷孕

我所有的精子
都是海浪衝激的泡沫
只要有陽光
只能生化小小的彩虹

路燈

入夜以後路燈串成一條火龍
沿著山路上爬
在妳的島上
猶如一千個人拿著火把
沿著山路纏繞
那時——
拿著火把的人到處尋找我們
我們不是逃散的革命伙伴
不是越獄的囚犯
不是復活的羅密歐與茱麗葉
但他們還在尋找我們
我們也曾是他們中的一員
有時——
我拿著火把走在隊伍最前端
為了尋找妳
有時
是妳拿著火把走在隊伍的最後
為了等待我的出現

如今那些人都走了
我還在牢房裡看著島上的路燈
逐年增加的路燈拉長了山路
拉長至海岸線
至山霧中

那些人都走了
只剩妳還在等待
我何時願意走出自己的牢房
那些人都走了
只剩我還在等待

妳何時才會找到
我們在人群中遺失的鑰匙
那把能打開我牢房的鑰匙
妳到底有沒有用心去找

躍過視線的浪花

這牢房是那麼孤寂又那麼喧鬧
例如窗外的海浪
遠遠的似一群吆喝的群眾
飛舞著手中的小白旗
到了海岸時全部都趴了下去
只剩一些囁嚅似的呢喃
只剩無聲的水漬寂寞的蒸發
雖然
從窗外看見了無數支無數朵
拔高躍過視線的浪花
使我想起在群眾中站起來的伙伴
躍過鐵絲網
如今安在何處

徵信

今天是什麼日子
今天是什麼節慶
島上主要的一條街道瘦了下去
掛滿了徵信社「捉猴」的招牌^(註1)
擁擠著小攤販們的肩踵
詭異神祕吆喝喧囂
各自在白天與黑夜佔領著街道

那些徵信社窗口酷似戴墨鏡的眼睛
解嚴後從中情局或國安局退休的人員
用白色恐怖時期練就的本領
為妳我和妳我的同志們徵信
那些從都市職場工廠或工地資遣下來的人
用最後的零錢開張著小攤販
販賣廉價勞工製造的配飾
還有故鄉新產的熱帶蔬果

入夜以前
我們必須走過那條街道
我們彷彿只是一時的「放風」^(註2)
這街道在記憶之河中倒映成影
例如海市蜃樓中一條石板路
例如牢房中一條擠滿了犯人的走道
手銬腳鐐的聲音例如浪齒下的石粒
例如結實又鬆垮下去了海浪的聲音

彷彿一對蝶魚的我們
游過珊瑚密佈
例如街道旁的招牌五顏六色

入夜以前
我們必須走過那條街道
匆促的購買故鄉的熱帶水果
匆匆走過
以防徵信社的眼睛與紅外線攝影機
匆匆走過
例如記憶裡那條牢房裡的走道
深怕會像那些走過之後就永遠沒有回來的同志

註1.「捉猴」是台灣閩南語的「捉姦」。
註2.「放風」是讓囚犯在一定時間內，在一定範圍裡呼吸空氣和陽光。

下跪

今天我趴在海岸哭泣
眼淚和海浪同樣洶湧
我抓住幾片海浪如同抓住幾片落葉
我捉住海岸聳立的礁岩如同捉住
牢房的柵欄

夜色從海上向這邊靠攏
如同追捕白天逃離的囚犯
在被夜色捕獲被夜囚禁的海岸
我跪向一個星球
跪向觸摸不到的光
如同我第一次學著下跪向出葬的母親
第二次下跪向妳願意讓我爬上的身體

然而我再次下跪向一個旋轉中的星系
那是成千上萬的群眾繞著遊行
在夜裡把火把換成了蠟燭
他們要求糧食和田地
在沒有水的星系
在沒有岸的海上

那是公式

在妳學院的窗口有一條天空的岔路
妳曾經在岔路口徘徊而迷失
如今窗口的樹苗已長成樹
他的枝椏在窗口外以Y字形伸向天空

我就坐在妳學院的椅子上
例如一個農夫坐在石頭上
看著遠方的山峰被雲磨成雙乳
從妳耳鬢看窗口外的樹
他的枝椏以X字形伸向天空

妳用學院式的語言學方程式
解釋X+Y各種演算公式
那是公式那是公式那不是愛情
那是牢房妳說那是牢房
我只是暫時坐在妳學院的位置上
從妳背後輕輕撫摩妳的乳房
窗口外的樹哪
就開始了它的舞蹈

我感覺種子大小的乳頭在發芽
饅頭大小的乳房逐漸溫飽
飢餓例如一首好詩
例如愛情

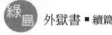
無法計算難於算計
例如一朵雲
不顧學院的窗口或農家的池塘
走過學院的窗口走過農家的池塘

妳不能一夜潺泣

我看不到我的圍牆外發生了什麼
看不到妳圍牆內怎麼了
但我還是聽見了妳的潺泣
海浪逐漸增高變胖
海岸線在拉長變細
這些圍牆外面發生的什麼
在妳囚困我的島上
我整整聽妳一夜的潺泣

是悔悔囚困了我
而失去了妳自己
還是為了離開我反而囚困了妳自己
我心中是那麼不忍
不忍而願意再承擔囚困的塵勞
請停止潺泣
眼淚從女人的身體流出來
就是上天要用她的眼淚
灼傷或囚困一個男人的靈魂

不是聽過那句少數民族的歌謠嗎
人間沒有女人天上就不下雨
世間沒有女人地上就不長草
眼淚從成熟女人的身體流出來
就是因為女人是水的原始元素

就是上天要她用水擠出靈魂的重量
因此妳不能一夜啜泣
若體內的水逐漸乾澀
妳將不再是成熟的女人
妳將不再是女人
將無法再囚困我
將永遠囚困妳自己

不要忘了這裡是亞熱帶

不要忘了這裡是亞熱帶
妳用來囚困我的島嶼
也受著赤道和北迴歸線的制約
我和島上的珠光鳳蝶和曲波紋小鳳蝶
不敢越過那有形和無形的界線
她們在岩壁上排著一行行的詩句
我在牢房的牆壁上寫著詩
在心靈的稿紙上
在岩壁與牆壁猶如螢幕裡
寫著必須塗掉又再寫的詩

我和她們都是瀕臨絕種的詩與詩人
例如即將找不到的游標
而妳呢
已經忘記這裡是亞熱帶
玫瑰和梅花一樣在冬季開花
妳以為自己是春天的玫瑰
然而妳更像杜鵑花在三月裡紅紅白白

不要忘了這裡是亞熱帶
季節的輪替如浪潮來去
無法改變妳的性別和思想
妳的意識在粉紅與姹紫之間
在櫻與楓極紅之前後
妳深信季節的輪替無法改變

妳的性別與思想
然而會逐漸使妳衰老與死亡
然而尚無法消除妳的意識與業力
因此不要忘了這裡是亞熱帶
不要忘了現在的現在
我仍囚困在妳的島上

不再以文載道

我不再道出文以載道的理想
但我們用什麼交通工具載我們的行李
我們的行李有40個字母三萬字體
還有愛情和思想的重量
還有三種主義的包裹
用我們最後的身體無法負荷的重量

妳要我放輕鬆不再以文載道
不要以為一個人可以扛起一條道路
或可以扛起一口井
妳要我放軟放下最後的工具與武器
例如放下手錶、眼鏡、手機、皮帶與領帶
妳要我變得柔軟
例如雨水下為河水再下為海水

我聽妳的不再在道上留下腳印
但雙手拉著空車要走向哪裡呢
妳說就載一個人
放下一堆思想與重量
只載一朵愛情的花朵
只載一粒花粉的重量
但如果愛情也是不可承受之輕的重
我們還能卸下什麼載上什麼
在前進的路上還在前進的路上
腳下的泥土就是有吸力
我們沒辦法失去重量的

鋤出一行行畦溝

我在妳送給我的其實是囚禁我的島上耕種
鋤頭正在鋤出一行畦溝
妳在妳學院的游泳池裡游泳
但妳始終學不會自由式
妳順著水線向前游
我的鋤頭正在鋤出一行畦溝
妳在妳城市的大道上晨跑
汗水滴在紅磚道上
我的鋤頭正在鋤出一行畦溝

妳沿著現代文明畫好的路線前進
我躬身一面除草一面後退
但我們一到夜晚都同時伏在床上寫詩
妳的詩行越出妳床沿的柵欄
猶如妳的手曾經如此伸向我
我的詩行是一行行的畦溝
一行行的可以通往海岸線
迎接春季的暖潮
然而沿著海岸線繞只能繞成
妳送給我的一條韁繩
妳要我放下鋤犁
去造一隻船
妳要我放下土地的情感
放開農民的意識
妳要我學習游泳和航行

而妳要做的其實只是努力學習如何解脫妳自己的囚禁
我以為妳的身體就是大地
我努力耕耘
我以為妳的身體就是海洋
我就是被包圍的小島

來吧又一個風暴

在妳還沒有飛來降臨以前
我就在最多避雷針的島上
要把自己站成一座燈塔
在雷擊之下想著英勇的雷鋒
或則站成記憶中的雷峰塔
（然而妳絕不是雷峰塔下受屈的靈魂）
我看著妳從遠方醞釀著一個風暴

我願妳是一個風暴的來臨
一次夏季錯算的經期
在燠熱的苦悶中
在溽暑的潮濕裡
從淡紫的雲層中
轉深為玫瑰紅而腥紅
而在黑夜降臨時
同時登上島岸的風暴

妳想要拿走的就全部拿走
用妳海浪高舉的指爪
用妳海水捲起一匹匹的長髮
整座島是被妳彈裂的鋼琴
如破裂的蛇皮鼓
在嘶吼中妳仍聽到
例如童年的風箏的哀鳴

胡琴和小提琴的弦
一隻筆在燈塔內急急寫詩的聲音

來吧我就等妳的風暴
把我的衣服全部脫掉
在赤裸中看見妳的颱風眼
妳的黑洞
來吧
我就等妳的風暴把我的身體
全部吞噬
因為只有這樣妳才能把我從這牢房一樣的島上帶走
如同帶走牢窗外的一棵相思樹

華容道

華容如果只是一個人的名字時是她
她華容　道
雲想衣裳花想容
那其實是我們共同唸誦過的一句詩
然而不是那麼雍容華貴的生活
才使我們忘了階級
其實在苦難的道路上才學會寬容

那時
我以嚴謹的態度正視妳
正視妳開出來的一條華容道
在妳的島上岸以後
只有一條道路可以找到糧食
只有一條道路可以感受妳的
寬容
包涵
擁抱
緊縮
只有一條道路可以從妳身上
感受妳的寬容包涵與緊縮
在那道路上
當我面臨情慾與情義
或情義與恩義
或愛情與思想的岔路
可憐的我們比曹操和關羽

比曹丕和甄妃
多出了思想的重量
我們的靈魂比他和她多出了
一滴眼淚的重量
我們的抉擇就更加困難

所以
看著前世的影像——
妳是那隻胭脂馬（又名追風赤兔馬）
我拿著偃月刀騎在妳背上
（我們已在慾望的道上奔馳了千里）
那曹操　剛從華容道匆匆逃亡
因此
看著現在的妳我他
我必須在七步之內寫出一首詩
在七天之內寫出一本
交換他囚困妳七年的時光
我必須以一百首情詩及一首絕望之歌的扉頁
取代妳婚姻的圍牆
那條華容道
其實就在妳窗口下
只要妳在夜裡關燈
打開靈魂的窗口
今世
我們就有機會
偷渡或逃亡

互相知道雌雄

海浪喧囂著把我們推進歷史
又把我們隔離在一個孤島上
我們用時間之鋤
從島的中心
挖出了史前文明
我們的土地
和化石
證明在海的外面
我們早已一起

一起試著身份的認同
試著分開
試著學習無性繁殖——
我栽植無子西瓜
在妳靠近海岸的出海口
而妳在西瓜園後面的山坡
飼養著騾
我告訴妳無子西瓜嫁接在南瓜上的技術
嫁接在南瓜之前
無子西瓜已是無性
妳告訴我騾是公驢與母馬交配所生
——如果
我們島上的植物
只剩下被移植的無子西瓜

剩下騾的動物
只剩下我和妳

而
公馬和母驢交配所生為
駃騠
當我們唸成決堤時
趁我們還互相知道雌雄
再讓上帝資遣一次
我們必須再在一起
像海岸線一樣連在一起
圍著我們的島

是對方的大患

妳曾說
我曾用同樣的口氣問妳
憑什麼證明我的前世是女體
請翻開
我的身體
妳說
在那一夜的那一頁
被天魔波旬撕去更改的經書
之後顛倒夢想
腳朝下出生時
已是女體是現在的妳

是阿難尊者的兄弟
那時
我是摩登伽女
那時
妳想贏
所以想淫
所以想因而不想果

至於現世
擦肩而過的鄰居
他的同志與他
或她的同志與她
都是在某一個空間轉生

從濕生卵生胎生而化生時
因一念回頭而
陰陽雙合於一體
可以自存自在自生或自囚自閉
在娑婆世界人間世
最適合修行

然而我們呢
然而這是一種懲罰嗎
我可以低頭用肉眼
輕易看見我多出來的那個性與器
妳趴著蹲著臥著踡縮變形也無法
親眼看見妳那方寸之后冠
妳必須向海借用
一面鏡子
向上
向天空中玫瑰般的月色
照現妳第二個嘴唇
這是一種懲罰
在這一世
因為我有一陽多慾出來的性與器
妳有一種持續不滿的陰與因
我們同時是對方的囚犯
是對方的大患
是彼此的牢房

灰色的斑點

在海邊住久了
眼睛會變成海藍色嗎
為什麼漸漸失去漁獲的漁民
黑色眼睛瞪著海
已佈滿了紅色血絲

而佈滿了紅色思想的囚犯
在島上的牢房
從鐵窗瞪著海
二十年
他紅色血絲的眼球
有著灰色的斑點了

妳是海
我在海邊住的太久了
但我的眼睛還是東方的黑色
妳是最後的一隻蝶魚
妳用孤獨的游姿
表現了最後的忠貞
妳的忠貞於愛情不同於
妳忠於思想

還原妳的名字

我向海邊大聲呼喊
妳——的——名——字
例如山谷向出海口張開喉管
例如海上流浪很久的風
終於找到山谷的入口
那樣興奮的呼喊妳
那樣興奮的聲音進入妳的山谷

妳知道我曾站在妳面前
為農漁民群眾大聲吶喊
反對——W——T——O
吶喊而沙啞的喉嚨
推倒全球化與自由化的謊言
所堆砌的圍牆
同時為自己築起牢房的圍牆
妳知道我曾站在妳面前
以相同的氣力向著海呼喊
妳——的——名——字

妳的海岸就來躺在我身邊
我的眼神帶著月色
沿著海岸峻巡
撿取那片貝殼時

就似俯身撫摸妳的耳朵
就似我所有的吶喊是已逝浪潮
所有說過的話語都在裡面

因此今夜我不需要呼喊
我只傾聽妳貝殼狀的耳朵裡
有一萬年前聲音的化石
海浪和魚群的交談
鯨魚的密碼飛魚的頻率
蝶魚和比目魚忠貞不渝的基因
有月光撞擊日光的波折
有我說過的全部話語

今夜我撫摩妳的耳朵
明晨我手中就像握著一朵紅玫瑰
或是一朵潔白的野百合
或是桂蘭與茉萸
或是我已夢成行吟澤畔的屈原
當我必須還原成奧德賽或尤里西斯
帶著農民和漁民的工具遠航
帶著所有鄉音的記憶
我回頭向海邊大聲呼喊
妳──的──名──字

三張畫

在灰土色的牆壁上出現了
黛褚色的畫
帶著色的畫似浮在牆壁上
又似嵌入了不帶著色的牆肉裡
從童年的記憶
延伸入壯年的夢
從妳的記憶延伸入我的思想

典獄長同意那三張畫沒有思想問題
那表示他沒有思想或則說
他真的沒有思想的問題
一張米勒的拾穗者
一張達文西蒙娜麗莎的微笑
另一張在我的床墊下
每天讓我的體重壓扁的
梵谷的向日葵
每天用自己的重量檢驗
向日葵的方向

花形在波斯菊與大理花之間
意象著太陽與東方紅
向日葵曾經是妳祖國的圖騰
曾是我田邊偶然的發現
在拾穗者彎腰的黃昏
在蒙娜麗莎的微笑後面

氤氳的山川背景的後面
是我們相見的地方

是我的農民意識相當沉重的那時
是妳的微笑使我減輕了
妳似蒙娜麗莎的微笑
我是妳身後氤氳的背景了
那時妳說了他們的故事
他們
達文西
米勒
梵谷
我一面聽一面就進入自己思想的牢房
雖然他們都是西方色彩
但向日葵面向太陽
也可以為妳唱一首東方紅與國際歌

玫瑰與杜鵑

妳自己說喜歡玫瑰
妳自己說自己本是玫瑰
妳就是無刺的玫瑰
妳還說自己已是玫瑰
妳已是帶刺的玫瑰

然而人們卻說妳是杜鵑
因妳常行走於滿是杜鵑的學院
在知識與婚姻所築起的圍牆裡
為生活而忙碌
於是妳不自覺自己是杜鵑
然而人們說的是杜鵑花
然而我想到的杜鵑是會飛的鳥名
因我尚在妳送給我的鳥籠裡

因我尚在妳送給我的島嶼裡
因為尚在妳送給我的
其實是我自己造的牢房裡
我在牢房裡只似玫瑰花裡的花粉
想要飛出去
卻又不希望有風
有蒼蠅或蜜蜂作媒介
我看著妳盛開的紅花瓣
包圍在綠色的葉脈中

然而我暫時還是黃的花粉
在妳害羞的懷抱中
看見你泛起了紅暈
從妳的臉頰至眼裡
我記得紅色的思想
與我將來必然會遺傳為紅色的花粉
在將來的一朵紅玫瑰花開時
花粉會如飛出鳥籠的杜鵑鳥
如飛出島嶼的雲絮

一個問號似的胚胎

海浪在討論著海岸線的長度
從秋天的南方一直延伸
向冬天的北方
我們走在海岸線上討論著
如何在春天懷孕著冬天

當妳側身面向海洋
當妳是我的一次夢境
妳就是側身在我身邊的海洋
我就是海洋懷孕著的一個小島
春夏秋冬猶如四個小小的港
猶如被季節規範了的春情
每年四次
我從港口進入——
島上有一個藍的透明的湖
那是妳退潮時留下的遺腹子
我在湖邊看見妳眼神的餘波

只有懷孕才能把兩條平行的海岸線
接成一個圓
圍著一個小小的島
我就是妳側身為海洋時懷孕的小島
妳懷孕著我了
懷孕著我而有著黃昏色的紅色思想
在妳綠色理念後設的子宮中

一個問號似的胚胎
會像驚嘆號一樣的流星再次流產了
或是頭後腳先的出生呢
我們又如何為這樣的出生命名呢

如果春天是生命蠢動的季節
我們就用生命討論生命
而不是用知識給我們的知識
和知識給我們的身份
去解釋生命
是我們先被命名束縛
才會再為別人命名

一聲嗨之後

從二十年前的一聲「嗨─」之後
海就成為妳送給我的圍牆
我在妳囚島的牢房
想著我祖國的兄弟姊妹
因為初醒的一聲招呼
我就在幾個字之間渡日
從嗨─海─愛─孩─還
還有什麼
還有主義和思想的重量嗎

海是深遠廣大的圍牆但
還是有限的水面
孩子是親情骨肉是未來但
還是會離我們而去
而愛情這條海岸線
還是會隨著人的居住一直延伸
一直在陸地和海洋之間
在我們之間蠕動牽扯
也許沒有重量
但一直是有距離的一條線
在似有似無之間
把思想的結石
從這個囚島
向另一個島轉化
從而解嚴後又似戒嚴

因我向那久違了的祖國
大聲喊了初醒的一聲「嗨——」
以為可以大步的向前走時
妳愛情的海岸線
又將我拉扯圍困

還有距離

在筆桿的影子
與鋤頭的影子之間
我勞動著
我的弓身
是我禮拜的儀式

然而我下跪
在妳赤裸之前
五體服貼大地
我的起伏
也是我禮拜的儀式

當我站立起來思想
意識形態與階級立場
立刻成為河流或山谷
在妳我之間形成
沒有距離的那種距離

銅陶瓷鐵

互相依靠著身體進入睡眠
石器時代的夢基因
在牆壁的裂縫間排列
我們的身體是暫時休眠的熠石
不要有一點點的移動
有一點點的磨擦
我們就會有火花
在那樣的夢裡
我們的身體很容易被祂們撿去
當成熠石在黑夜中點火

我們在床上討論銅器時代
銅色的燈光映照在窗簾上
從妳的髮夾我們觸及鐵器時代
再一次我們演練人類的身體
如何在各種姿勢中被火試煉
而存活至今

經過琉璃似的窗影
陽光從窗簾縫隙
流駐在似陶似瓷的花瓶上
有一半陽光從瓶口進入
花瓶似乎就胖了
似乎就易碎
就似易碎的

我們之間的那些念頭與情尾
如果再原始一點回到鐵器時代
在陶瓷裡鑄入鐵
我們就不怕被燒軟不怕碎
那需要我理性的土
妳感性的水
再燃燒一次

如鹿尋鹿角

我們無法判斷
梅花鹿是在何時來到我們的島
現在他和妳在海上
雲一朵朵圓起來
帶著陽光
帶著梅花斑在海上行走
是妳是梅花鹿在海上
或是海已是一隻非常大非常大的梅花鹿
我們找不到鹿角

也許是舊石器和新石器時代之間
我們從只知道身體為武器
到了會用鹿角
去刺死鹿
那時我們以唯物論去刺死進化論
他們以子之角攻子之腳

現在我是另一隻奔躍的鹿
我是被割去鹿角的鹿
妳是獵人手上的鹿角
妳是借他的手尋找
妳的母體了
過來吧
接上我的鹿角吧
我已進入妳了

我們不用進化論
用唯心與夢的真實
觀看正在奔躍的梅花鹿
觀看正在向死亡
奔躍的身體
身體後面逐漸
離去的影子

也許就不必再為妳巡視

美麗的珊瑚固定在島的四周
在海裡不動的雲彩
它們偷偷長高或變胖
美麗的珊瑚在浪花下面是島的裙襯
是死守著那塊貞操的囚犯
是美麗的
妳島嶼的衛士
我替妳巡視它們
以忠貞的蝶魚的游姿
拍它們的肩膀
以更深執貞操的比目魚
安慰它們疲累的眼神
以一隻雄石斑魚的眷戀
在妳島嶼四周替妳巡視
二十年後雄石斑魚自變為雌石斑魚時
也許就不必再為妳巡視什麼了

例如已經解嚴的那一年
我看見珊瑚突然長出海藻的頭髮
而且能伸長喉管吐著氣泡
蝶魚突然單性更加孤芳自賞
比目魚只用右眼游泳了
石斑魚只嚮往鱗片貼金
而妳的島嶼不再是我的牢房
也許就不必再為妳巡視什麼
或看守著什麼

妳把女我找回來

時間像藤蔓一樣拉長
在窗外變成鵝黃色的那一天
我把妳的女字恢復成人時
我的記憶一時失去性別意識與色彩
當他們用不斷縮小的空間
在另一個牢房
把我壓縮成一個盲點
從肚臍以下改變了性別意識
我從一個驚嘆變成一號
再從一號變為零號

就是這樣
許多地下黨或是黨外的同志
出獄以後是另類的同志
他們在兩種牢房之間行走
兩種身體的味道
不斷複製
兩種意識型態的深沉炸彈

頑固的基本教義派的他黨人
也不拘這性別的牢籠
唯有這一道窗口是他們的共通渠道
是共產的風景
我離開他們以後
在街道如何流一樣流浪的歲月以後

唯有妳能堅持把女找回來
唯有妳能堅持把我找回來
唯有妳把兩種意識型態
加上兩種性別
在愛情與神祕主義的領域裡
神奇的融合在一起

在二十一世紀剛開始
連科學家都不醉心於核分裂
都承認核融合才是更大的能量
二十一世紀剛開始的春天
時間像藤蔓一樣拉長
在妳窗外變成翡翠色的那一天
我又正式的進入妳的身體
我成為自己的人

倒立著思考

窗外天色已如妳的皮膚
這是春天的午後
夜晚會很快來臨
是第一六〇天第三二〇次
我練習瑜珈的同一個動作
——倒立
倒立著看見窗外
天色已如妳的皮膚

倒立著
讓自己的相思與思想
以瀑布的速度和心血逆向
迴流到丹田
然後用意念耕耘丹田
日復一日
用五官透視五臟為五色花瓣
倒立著——約一柱香時間
便看見窗外天色
已不如妳的皮膚
看見窗外裸體的雲
斜臥著如裸體的妳

倒立著看見自己身上膨脹起那根
紅玉米

仍然懸掛在童年的屋簷下
仍然那麼貧困的農村
窗外還是那麼貧瘠的土地
窗外的母親看見我
倒立著
站在她給我的身體上看見我自己
肚臍是欲言又止的嘴唇
她想說妳什麼
她已不能說什麼因她已過身
只說妳高築知識的圍牆而不知米價
說妳是一個沉默的島嶼

彷彿聽見妳們爭吵
彷彿聽不見妳們的爭議
在自己的牢房裡倒立著
並且靈活的旋轉
我不是哭笑不得的小丑
只是用瑜珈中艱難的動作
旋轉三百六十度
到21世紀才發現
恍惚已中年的身體
還在一個牢房裡
倒立著
看見高潮漲起的窗外
夜晚來臨時妳的身體
已被月色完全裹住

瀑布下的水潭

請來我的身上沐浴吧
我是瀑布
妳說請來我的裡面沐浴吧
妳是瀑布下的水潭
我是以必死的決心投向妳
我以墜落成為復活
我想要活成一條河流
就必須先進入妳
被妳完全擁有
成為妳的俘虜
或完全拋棄妳
我想要活成一條河流
我又無法拋棄妳
我又如何回去成為瀑布

請來我的身上沐浴吧
我是思想
妳說請來我的裡面沐浴吧
妳是愛情

在那樣的角度看妳

請妳順著妳身體的河流看下來
不遠處但已經那麼遙遠的地方
我彎腰在田裡
我就是一個問號
我把問號缺口往上仰
我想要吶喊
卻只是納悶

已經是那麼遙遠卻還是那麼近的
妳學院的窗口還點著燈
我把問號的尾巴舉起
向妳問侯
我把鋤頭舉起
以舉起陽具的勇氣
向著妳學院的窗口搖動

我綁上紅布繼續搖動
日正當中
稻草人也綁著紅布
但那些麻雀已不怕它
那些被紅布不斷搖動驚嚇
趨離又回歸訓練的和平鴿
在妳學院窗口的高度飛過

我好想再在燈下看妳
看妳靠著床如靠著我故鄉的河岸
雲的影子慢慢覆蓋過河床
我坐在石頭上打盹
在夢中把鋤頭拉長了
拉成一條細細的尼龍線
我攀緣那條線到空中
成為童年的風箏
在那樣的高度
一面搖動
一面看著妳在學院窗口的燈下
一面研讀我的詩
一面順著妳身體的河流看下來

我用文字代替我的動作

妳用語言限制我的動作
只能用眼睛看妳的眼睛
用眼睛吻妳的唇
妳可以感覺睫毛穿插
帶著霧氣和水漬
輕輕觸及妳的唇

然後我用文字代替我的動作
文字的枝椏從螢幕
突破妳設限的灰色框框
穿透雲層
我的文字我的一行詩已是一條溪水
妳如何阻擋溪水已流到出海口
流到了妳張開的海
流進妳的身體裡了

妳用語言無法限制我的動作
妳用海浪也無法阻擋
我手的河流
輕輕流向妳的出海口
妳如何阻擋
妳早就不該阻擋那載著陽光和月色的河流

倒下來的海岸線

長長的海岸線倒下去再也爬不起來
只剩遠方一枝竹竿上飄著紅旗
那像是二十世紀初社會主義革命者的女性內衣
妳指著紅旗說話時
黑夜和妳的黑髮覆蓋了我的赤裸
海浪已沉寂下來
靜靜趴在海灘上

海岸線是倒下來的竹籬笆
圍著兩個靠在一起的島
只有月光能使竹籬笆站起來
並使竹子長出葉片
妳的指甲在月光下閃亮成
十個小彎月
但我們心中只有一個太陽

眼白似的海

妳用塗有紅色口紅的唇
告訴我綠色的理想國
口紅留在我唇上
我黑色的新長的鬍髭
是另一個烏托邦的芒草
剃癢著妳的身體

紅色的記憶
從妳綠色眼影下流過
那麼短暫卻無法躲藏我的逃避
只有黑色眼珠深處
還有一絲黎明
我在妳眼白似的海上泅泳
妳黑色的眼珠
妳身體上最遠的島嶼
我只能在那裡上岸

方言之海

我們被投入方言之海
例如被投入一個蠻荒的部落
我們和他們用手語彼此誤解
又被放逐至一個最大的都市
發現自己學會的語言是被遺忘的方言
我們彷彿從那個部落出來
以後
語言之海
就是生存之海

在那個囚島上學會另一種語言
才得以和妳在一起
例如在語言之海中泅泳
在那個囚島上遇見妳
從一個女字開始學習
從M和母
每一個字都是我的浮標

輯 二

拋棄所有的字母與發音

拋棄所有的字母與發音

今天我們練習拋棄所有的字母與發音
彷彿在卓別林的默劇中
哭笑不得
到了傍晚
從海岸
望出去的穹蒼
是一個更大的螢幕
入夜以前
我們應該停止所有滑稽與悲哀的動作
包括默劇裡的所有
例如靜止的雲
冷眼旁觀我們居住的小島

在海上
我們似乎已拋棄所有的字母與發音
這個小島的造型只剩標點符號
例如逗點例如問號例如驚嘆號
一個漂泊的句號
一個成長的器官
例如魚的眼睛
妳肚臍下的陷阱

在海上
於我與妳
例如一個逗點長在一個句號裡

例如開始到結束
例如流浪遷徙與漂泊
然而這些
這些不是真正的漂泊遷徙與流浪
真正的流浪遷徙與漂泊
是從生到死
從死再生
所以我們必須練習
拋棄所有的字母與發音

舌頭的愛情思想的牙齒

在吻中我們的牙齒擦出火花
我們暫停
我們需要調整
我們愛情的舌頭被思想的牙齒擦傷

然而我們的飢渴
確需要舌頭和牙齒的戀愛
然而我們的語言
確需要舌頭和牙齒的飢渴

妳的島嶼浮在海面
是新生的稚齒還是古老的白牙
我的舌頭我翻捲深入的浪花
我說不盡的語言我不想說的
我們需要溫柔的舌頭如我們需要的愛情
我們需要堅固的牙齒如我們需要的思想

然而在吻中我們的牙齒擦出火花
我們愛情的舌頭被思想的牙齒擦傷
我們的舌頭也許如翻捲的浪
如翻捲的雲偶而會擦出閃電
然而然而只有堅固的思想的牙齒
才會在我們最親密時磨擦出火花
點亮心中的火把
然而就是這火花

澆熄了愛情的綠芽
然而就是火花後的灰爐
肥沃了愛情的綠芽

小島上的小學生

猶如這小島上的小學生
看見海岸線那邊的窗口
背誦著兩種字母
ABCDEFGHKLMNOPQXZ
ㄅㄆㄇㄈㄉㄊㄋㄌㄍㄎㄏㄐㄑㄒㄙㄨㄩ
童年
或則尚有餘音的記憶
猶如電腦液晶螢幕上的游標
那些被唸誦的字母
在鍵盤和螢幕上
例如溪河上流動的浮木與落葉
在雲層間移動的星芒
我用手將它們按住

它們其實就像妳的某些表情
妳身體裡最隱密的造型
就是妳身體的島上
那個港口的造型
沿著妳的島環繞一圈
看見所有貝殼的形狀
看見妳的眼耳鼻唇乳房與髮梳
猶如沿著海岸線繞了地球一圈
看過世界上所有的港口
它們就是那些字的形狀
世界上所有城市的造型

在廣場城門與街巷之間
所有人種的顏色與聲音
就是那些字母的顏色與發音

看過它們與他（她）們
又能給我什麼呢
它們與他（她）們都不能給我
妳所能給我的體溫
只有妳讓我進入的港口
能使我在航渡的終點
看見自己靈魂的造型

然而妳卻是
尤里西斯尚未謀面的妻子
我卻不是尤里西斯或奧德賽
我只是鄭和第七次下西洋抵達非洲上岸時
迷路的水手
我只是又回來妳的島上暫駐
猶如小島上的小學生

從盡頭走回來

這裡有青壯的山峰和柔美的水流
它們像布景一樣
隨著日夜推移
慢慢變成我四周的柵欄
在妳囚困我的島嶼
海浪逐漸升高
成為會隨視線移動的圍牆

在島嶼上我只遇見老人和小孩
這是詩人最適合相處的兩種人
在走向死亡而又天真可笑的路上
老人平淡的心靈和小孩純真的眼神
在孤獨的路上陪伴著我
環繞著沒有出口的島嶼

環繞島嶼一周我就瘦了一圈
彷彿從一個世紀前又繞了回來
一顆不忍離開軌道的行星
一顆不定時出軌的慧星
各自繞了自己的圈
宇宙暗夜中一條光的拋物線
丟過柵欄與圍牆的一顆石頭
在沒有回音沒有盡頭的彼端交會了
彷彿一個老人消逝在海岸線的盡頭
又有一個小女孩從海岸線的盡頭走回來
那彷彿走向盡頭的我
那彷彿從盡頭走回來的妳

往下寫

妳叫我必須回頭去翻閱妳的一本書
猶如翻身翻閱妳的私祕
猶如回頭去看離開很久的家
妳叫我不要一直向前牛犁
不要不顧一切往下寫
寫一首沒有結局的詩

然而我已是越獄的囚犯
在鐵絲網的圍牆下
不顧一切的挖掘一個窗口
猶如一隻狗
不
狼
或則一種難於命名的獸
我就是曾經那樣不顧一切的
往下吻妳
猶如越過一道圍牆
看見另一個出海口
在妳身上
看見妳弓身俯首認可
我們才看見海岸燦爛的陽光

所以妳不能再叫我回頭去看
堆滿了書的圍牆的家
猶如回頭去看逃離的牢房

我的詩行已偷渡過柵欄
已越域至一片新的領土
例如伸向母親乳房的嬰兒的手
例如一條溪流
從千重山萬重山中奔流出來

妳不能叫我停下來
停下來才是沒有結局的結局
這一條詩的河流
例如血液
只有繼續奔流
不能停下來
我就是曾經那樣不顧一切的往下吻妳
吻妳近處的土地
吻妳遠方的海洋

花苞

用拇指和食指解開妳的花苞
花瓣由白泛紅
一片片張開
我正同時解開
妳意識和知識的枷鎖
我們
看見牢窗外
太陽也在解開雲層的襯衣
我們的島
也已浮出海面裸露身體

我等妳
脫下我的袈裟
在思想的衣服裡面
還有宗教的內衣
當我用拇指和食指解開妳的花苞

夜色中漫生的思緒

我用妳送的小小的鏡子刮著鬍鬚
今天早上
窗外的海面藍的像一面鏡子
在窗框的柵欄內分鏡小小小小的鏡子
昨晚的雨絲是在夜色中漫生的思緒
夜色中漫生的思緒是早晨徒長的鬍鬚

今天早上我用妳送的小小的鏡子刮著鬍鬚
猶如一隻雄貓小心的用利爪撫弄著嘴唇
昨晚雌貓使盡全力在窗外叫春
雄貓使盡全力的咬住她的毛頸
夜色中漫生的思緒在潮濕的空氣中蕩漾
窗外海面藍的像一面鏡子
今天早上
陽光薄薄的雪色的利刃
是夾在兩塊夜色中的曙色
把昨晚雨絲般漫生的鬍鬚
漫生的雜草
犁一樣的刮得乾乾淨淨

如果把火唸成佛

如果把火唸成佛
一時失去了文字的記憶
恢復最初語言意識
如果把火唸成佛
就能把火變成一支鑰匙
在陽光下晃動
彷彿聽到金屬的聲音
一支能打開我的牢房
同時也打開妳身體的鑰匙

如果把火
變成火把
一把打開巴黎監獄的鑰匙
如果要點燃那把火
妳是用火柴
還是用打火機
用一支香
用一支香菸
還是用蠟燭
還是用火把吧
用火把點燃那把火吧
那才有革命的顏色
才有愛情的革命

在革命的隊伍裡

在入夜的曠野
我用火把點燃了篝火
在篝火映照下
我情慾的火把
點燃了妳
妳升高的溫度會把我熔化
在我們成為灰燼之前
我們應該記得
把火唸成佛
把火光看成佛光
讓體香變成心香

彎月如一把小刀

是夜晚提早醒來
把黃昏的尾巴拉進了黑暗的洞穴
是黃昏的衰老
向著海岸線彎腰斜背走遠了

我們提早醒來在夜色老去之前
用眼神餘光盯住窗外
窗外如鈎的彎月如一把小刀
掛在窗框被我們的眼光磨亮
那小刀如會發聲的風鈴
會發聲的耳環
在我的氣息靠近妳耳邊時
發出銳利而又柔軟的聲音

妳把手指彎曲鈎住了那彎月
我看見兩個問號交媾如兩魚尾
彎曲的手指撥動著也暗示死了
彎曲的手指也如魚鈎必須放上誘餌
我看著妳是
對生存的問題
對生命的迷惑
對死亡的誘引

一封信等於一首詩

用手寫一封信就等於寫一首詩
在沒有電腦網路的囚島上
在自己身體深處的影子裡
用手寫信給妳就等於寫一首長詩
妳也必須用手寫才能寄來的每一封信
我都鋪在床墊下
每天我的體溫熨平妳信中
波浪似的文字
感覺妳向上挺時我向下的重量
我記得妳的體溫
妳寄來的每一封信我都如自己
心愛的內衣似的存放在心裡深處的斗櫃裡

但我寫給妳的每一封信
妳都不能留下片字
那力透紙背入木三分如雕刻著
妳神像的筆跡
一觸及妳的手指就如點火
妳用眼淚來熄滅那火苗
信裡最後都是水和火的字形與象形
妳不能留下它們

它們有原罪例如甲骨文
在倉頡創造它們時驚天地泣鬼神
很多詩人知識份子因它而死

妳可因它身敗名裂
婚姻破滅幸福失離
在出牆紅杏與盆栽玫瑰間
有一排道德的圍牆
就在妳家宅庭院四周
妳從陽台的柵欄看著
它們
文字與道德圍成的牆與
圍城的煙幕
在我囚島的浪濤上瀰漫

從鐵窗的柵欄
看見月光看見妳
看見妳燃燒著我給妳的信
每次妳燃燒著我給妳的信的同時
我正用手寫著另一封信給妳
每寫一封信給妳的同時
我就再一次證明自己是一個詩人
詩人在柏拉圖的理想國外
而我的原罪
只待寫到沒有紙可寫時
就寫在皮膚上
如刻於甲骨

劍與經書

今天那個守門的笑了
我以為是放風的日子
他卻拿著一本經書和一把劍
要我像嬰兒抓周一樣選擇
如果我選擇經書
他就用劍把我劈死
如果我選擇劍
我就用劍刺死他
他依然笑著看我
他解開我的手銬腳鐐
解開我的牢房
把我所有的都還給我
包括我的身份證
他同時成為犯罪的人
然後他依然要我選擇

我告訴他
我要離開妳囚禁我的島嶼
同時要一把打開妳房門的鑰匙
這是他忘了還給我的東西
他都答應了
然後他依然要我選擇
站在空曠的海岸
望著空曠的藍天
我茫然不知所措

他依然是我的守門人
他的影子
就像夢中的妳
我仍被他囚禁
除非妳親自打開妳的房門走過來
親自打開我的牢房
我才能選擇一把劍
同時又拿走他手中的經書

幾個音符的顏色

妳的島充滿了妳的聲音
海浪拍舉妳的身體
拍舉妳的島妳的鼓
妳的鼓聲沿海岸線撞擊正在下沉的夕陽
妳的島妳的身體是樂器的母親
是樂器的子孫
是樂器的化身
妳島上的白礁岩黑礁岩是妳最大的鋼琴
暴風雨高高的蓋下來然後匍伏在妳的懷裡
成為妳的呢喃與呻吟
海岸邊的蘆葦旗桿煙囪天線成排的電線桿集合著排笛的聲音
妳的港彷彿懷孕了
港灣被歸來的船擁擠成喇叭的形狀
船隻自在的游行成各種音符
那漆成紅色豆芽似的一個音符
是從大喇叭的肚子裡蹦出來的
那個藍色的是小喇叭肚子裡的蛔蟲
被逼迫著如一條絲線向黃昏的港外游走出去
而那個黑色的頑固的休止符
彷彿被堵塞在嗩吶的喉結

燙紅的鋤頭

我在夢中努力耕耘
大地其時是清醒的
我手中握住一根燙紅的鋤頭
我在夢中還是不能
不能失去農民兒子的身份
但我在夢中卻舉不起
我不能
不能失去理想主義
那個烏托邦的旗杆
我在夢中舉不起那根燙紅的鋤頭
清醒又立刻沉睡的短暫片刻
在閃電間隙看見閃電完整的身體

看見妳沉默良久
才開始一絲微笑
微笑很久才說話
妳告訴我必須冷靜
為了避免讓那根
燙紅的鋤頭
在灼熱的耕耘中熔解為虛無
妳告訴我必須冷卻
使鋤頭因冷卻而銳利
而能映照曙色的光亮
其時我在夢中醒來
在妳身體的大地上努力耕耘
大地其實是混沌的

盆栽

妳以為是什麼在什麼時候
我以一群雲包圍妳的島
事實上是妳的島鏈包圍著
包圍著觀望妳而忘了移動的雲
我是不會下沉的
只是暫時忘了上升

妳的島已長出綠葉了
那是妳的盆栽
我的雲也開花了
那是我的盆栽
都擺置在妳的窗口
妳曬著衣服的陽光
看見了妳的衣服
妳的床
妳固守家牆
妳家牆上偷偷刻下的
我寫給妳的詩

符號消解

在妳的語言裡有我的姓
在我的姓名裡有妳的姓名
在我的姓拆開的卦象中
有妳最後的抉擇

當地水火風的地球
及妳我的身體都已消解
當姓名都如腐敗的落葉或蒸發的雨水
只剩一行詩
例如銀河
在宇宙的天際閃亮
每顆星眼都是文字
當文字也都消解
只剩語言的黑色音素
在空曠的宇宙波動
當語音和語因也消解
只剩思念的意識
在旋轉中要求再生

落葉的鐘聲

樹林慢慢在風中傾斜
沒有一棵樹掉落葉子
我看見的是陽光背後
月光慢慢把樹林推下山來
月光下樹林靜止的版畫
在風聲中慢慢傾斜了

然而在月光後面的鐘聲
在晨曦之前走下山來
推著樹林成為樹海
樹海在波浪中傾斜著
傾斜著走下山來
沒有落下一片樹葉

我看不見那鐘聲
從寺廟裡走了出來
樹海帶著波浪走在前面
走下山去
一路上沒有落下一片樹葉
例如大海沒有掉落一片波浪
例如那個快速走過山路的寺僧
沒有留下一個腳印

妳看見我看見的樹林了
那個快速走過山路的寺僧

是以前妳眼中的我
那推動著樹林成為樹海
在陽光背後的月光
在月光後面的鐘聲
那沒有落下一片落葉的聲音
就是妳看不見的腳印
現在那個寺廟
例如一片風帆
從夢境中離開了妳
島上的港口
只要妳還有一念
妳的島嶼會像一片落葉
被風帆中的鐘聲拖向妳出生的地方

墓碑中的豐碑

我不知道明天它還會不會在那邊
那塊在山頂上
如海浪一樣升高的
生長的伸長的
雲母色的雲

已經長成一塊墓碑了
在那座像墳塚的山頭上面
慢慢斜斜滑下來
準備勇敢的
正確的落在墳塚前面
在那一座山頭前面
成為這世界最大
最奇幻的一塊墓碑
那朵沉重然而又是輕浮的
雲母色向琥珀色蛻變的雲

只有閃電能在它上面刻劃碑文
只有閃電能翻譯那天文的碑文
這將消失的墓碑中的豐碑
在它將消失之前
把一些文字留在那山頭的石壁了
那是一首地殼變動前
海浪留在山壁上的文字
有魚尾紋、魚刺、珊瑚、海藻、貝殼

貝葉似的梵文的尾巴
甲骨文的月
拉丁文的刀
誰能看懂呢
但又不在意誰要看懂

等那座像墳塚一樣的山頭
再次在地球上消失
或者和地球一起消失
我們後來摸擬它們所創造的文字
會飄向那裡
那一塊岩石或那一塊墓碑
會刻著人類的文字
成為殞石在宇宙中飄浮
那墓碑
也許只能留下一個人的名字和一首詩

香氣

有一天海枯了大地遺漬了鹽白
有一天夢醒了全身都瀰留妳的香氣
如果因為過於思念
使牢房塌陷成一堆墳塚
墳塚裡我身體上妳瀰留的香氣
冒出墳塚生成一株未被命名的會開香花的樹
我和礁岩風化的泥土
繼續供養妳四處散發的香氣
直到我的白骨成為妳的樹根

向妳的地方前進

我對妳的思念就像火車頭
每過一站就加一節車箱
再每過一站就脫一節車箱
我的思念就像我一個人在火車裡
沒有什麼重量但一直向前走

再過一個隧道一個橋
過北迴歸線
就進入濃濃的秋意
就進入妳的領土了
進入妳冬天的床是最溫暖的
而我還在路上

遠遠看見妳的窗口
下著雪——
這是這個熱帶的島上
為妳下雪的一次奇蹟
因為我向妳的地方前進

吐著F

十年牢獄使我精通英文
使我幾乎忘記母語
向著西方的窗外
用英文大聲背誦
自由的定義

並且學會倒立
倒立從胯下看著牆壁上的倒影
並且用英文大聲背誦自由的定義
倒立的好處是可以完全用鼻音
身體形似龍蝦或海馬
更像一支喇叭或嗩吶
我吐著氣息
吐著F
把Free唸著Filin

我吐著F喘息
吐出一隻Fish
這幾個字都因妳而起
因妳入獄因妳而不自由
因妳出獄因妳而不自由
因妳如魚得水
而誰是水的身體
我吐著氣
吐著如氣泡的
F, Free, Filin

只要真實的悸動

等到有一天人們真的不再用手寫字
人類只剩一支點石成金的筆
那就是我的食指
正點向妳的頑石
我不要那黃金
只要妳真實的一次悸動

有一天妳看到我拿著柺杖
在老到眼盲前
還想敲醒在路邊瞌睡的狗
還敲響所有人夢中的鐘聲
還在地上寫著妳的別名
如寫著一首詩的名字

一種復活的音樂

如果女人真能是男人的肋骨
一定是在左邊
因為靠近心臟
好比琴鍵犁溝或城垛
我們的肋骨互相磨擦
彷彿齒輪互相凹凸進對方的肉裡
我聽見一種音樂與勞動的氣息

而如果妳想永久回憶那一排樂音
妳必須等在我身後死亡
把我深埋在妳的泥土裡
而且必須十年以上
好看到我腐敗後剩餘的
完整枯乾的骨架
那肋骨不像是排笛嗎
若是綁幾根蘆葦
那肋骨不像是豎琴嗎
若妳真能從裡面撩撥與吹奏出音樂
我就真能復活

妳不斷的揮手

我囚犯的手銬已經換成唸珠
雪中鮮紅的旗幟
已是送葬的布幡
思想被相思浸白
把妳島上的浪花
串連成花冠
我不斷的揮手
蘆葦花與蒲公英
沿著島的四周一路盛開
在我的速度中
它們飛揚猶如
妳島上的浪花
妳不斷的揮手
是召喚還是離別
當送葬的布幡走出了鮮紅的旗隊

我的思念不是彫刻刀

如果思念的力量
可以成為彫刻刀
如果詩的力量
可以成為有煽動性的思想
我在深夜的燈光下寫一首詩
想要借光的切面
把妳的影子彫刻在詩裡
把自己的影子彫琢在妳背面

然而我趴伏著寫詩的桌面
已是一片海洋
有格稿紙是海上浮出的良田
而我的思念不是彫刻刀
是犁鋤
我詩的種籽已播下

妳的思念逐漸走近

閃電在牢窗外顫抖
想要以一根銀線垂釣這個島嶼
想要拉住其中一根鬚線的我
想起閃電一樣失去的伙伴
閃電中有著紅色的思想

雷電若能擊中牢房
若是一次啟蒙
劈開思想與身體的枷鎖
那閃電向海上逐漸走遠
妳的思念逐漸走近
彷彿一個字從藍色的稿紙上浮起
身邊帶著一個句點
這個小島從藍色的海洋上浮起
妳的思念逐漸走近

瓷杯的茶香

那瓷杯在月光下
映現妳的容顏
瓷杯在妳的手溫裡
慈悲的飄起茶香
那香味是一條
無限延長的海岸線
那香味有海潮的聲音
那瓷杯的耳
那慈悲的手
把我從地獄的門口
拉回來這裡
一個牢房裡
擺著妳送的瓷杯和茶葉

妳喜歡悲劇嗎

妳說喜歡看我的背影
當我沉迷於背水一戰的棋局裡
妳喜歡悲劇嗎
然而我喜歡的是那張畫的背景
那張蒙娜麗莎的微笑
和米勒的晚禱

妳蒙娜麗莎的笑容
把身後的背景都漫濾掉了
妳這海洋中的一波海浪
為什麼要爬上農民的田園呢
把那張畫重新裱好
掛在牢房的牆壁上
我寧願是那張畫的背景
那背景的後花園
後花園裡的園丁

只有聽見米勒晚禱的畫裡的鐘聲
才會聽聞那對農民夫婦心裡的對話
只有那寧靜中的聲音
才是真正的喜悅
妳的悲劇是莎士比亞似的
不是楚河漢界裡的虞姬
把那些有形的棋子
棄於海中吧

使它們都成為一個個島嶼
使海洋圍困它們
而不是用它們來圍困我們

妳信中的密碼

最初他們檢查妳的信
強制拆開妳密封的切口
從牢房的洞窗接來妳的信
彷彿已被撕裂的衣衫
彷彿已被窺視了妳的身體
然而他們解讀不了妳的密碼
所寄來的包裹中
只准讓我閱讀一本
古典線裝的金瓶梅

他們豈知妳在信中說的金瓶梅
是為我解讀世事
即金大中鄧小平與柯梅尼
我們的政治術語
藏在身體各種器官的描寫
例如勃起或高潮
就例如核彈威脅或民族主義高漲

然而他們解讀的誤判
最後成為我們的誤區和盲點
在解嚴之後成為妳對我的戒嚴
我們一起讀那紀念碑似的金瓶梅
並且還原她真實的面貌
忠實習練她的技巧和姿勢
以為從牢房走進臥房

就可以自由的變換各種姿勢與立場
豈知

豈知那條比聶魯達的海岸線更長的一條線
無從測量的
泰戈爾說的那世界上最遠的距離
就已在我們之間形成
如果更大的新大陸只是一個
無限放大的島
最小的島已是一個牢房
已是自己的身體
而我牢房的舊址在妳的島嶼
新址在妳的身體裡
例如塵封的信紙密封在鮮豔的信封裡

妳朗誦的聲音

從這個島的岩壁一直延伸下去
連接海岸線的地方
我站著聽見了
海浪敲擊另一個
妳住的島岸的聲音
如同那天——很久以前
我踏著自己的影子
沿著妳學院的圍牆一直走
背包磨擦著牆壁
樹葉磨擦著背包的聲音

從妳的窗口走過
我敲擊著學院的牆壁
聽見妳在裡面高吭朗誦
一首海浪和河流的長詩
和我敲擊著學院牆壁的聲音
相互撞擊
回聲沿著牆壁傳至十字路口

我聽見妳的聲音
從樓梯走了下來
例如從電話線那端傳來
妳的聲音
從學院的牆壁裡面
從遙遠的一個島上傳來

從海底沿著海岸線傳來
繞過了我的島嶼
成為那條條海浪
一直擴散至遠方

又繞了回來
妳的聲音
例如妳的雙手
至最後繞過我的背
緊緊的
緊緊將我抱住
妳的聲音
例如藤蔓一樣的海岸線
緊緊纏住我心中的樹與岩壁

製造的陰影

夏至的陽光太強了
在沒有樹的海邊
我只得以身體製造陰影
在那樣的陰影裡才適合閱讀
適合瞇著眼閱讀不算長的一首詩
我裸體在海邊製造了陰影
那樣的陰影例如日蝕
當我擋在妳前面同時已在妳裡面
那樣的姿勢例如日蝕
妳擋在我前面同時已在我裡面
在入夜的月蝕裡
我們同時發出天狗蝕月的呻吟

而海灘寂靜如月球地表
海岸線在月光下一直延伸為
一首無法再閱讀的長詩
海浪還繼續朗誦它們
海浪一面朗誦就是一面歌頌
我們繼續在海灘上作
直到海面在月色中靜靜浮出了一個小島
我們才又回到
日蝕的陰影裡
在那個陰影裡記憶著
那個被囚的小島

眼淚是自由也不自由

我猜眼淚是自由也不自由
它沿著妳魚尾似的眼尾流下枕邊
我從妳耳垂吻起順勢吞下妳的眼淚
它沿著我的肝腸寸斷灼燒
例如炭火或則苦藥
想在我體內煉成金丹或珍珠
它卻成為文字的化石
成為現在的詩句

我猜眼淚是自由也不自由
它被關在我身體的牢房
隨著血汗流浪流竄
等待著看見一個窗口
猶如河流遇到瀑布
它必須以我的感傷才能釋放
同時它也帶走我的感傷
當眼淚滴在衣服
成為一片枯葉
它有記憶的重量
滴在信紙上成為貝殼

還記得遺忘

有了光我就有了記憶
有了記憶就增加重量
就開始下墜
成為妳腳下的影子
原本隱藏在黑暗中
在真空的極地
沒有任何「有」的記憶
因為妳的一次思念成為光
所有的遺忘立刻聚焦為「有」
因為還記得「遺忘」

痣之字

我以為是一滴眼淚
想伸手接住時成為一顆痣
在妳穿的衣服裡
掛著項鍊墜子的裡面
在妳裸身時的乳房下面
一顆痣似一個小島
在妳身體的大陸旁邊
在乳溝的海峽旁邊
我以為是一滴眼淚

是一個痣
妳說是一個字
它就似一個字
是水是火
是我們四肢以水火相連
是一個字
妳的身體就是一首詩
從一個字開始
我從一個痣開始吻起

許妳來救我

有一個姓許的詩人寫詩給
他斷牆外的情人以後
他就被稱為許仙
他的情人在學院的圍牆內
自動穿起白色長禮服
自許為白蛇傳的主角
他們一時沒有牢獄之災

多年前雷峰塔倒塌後
散落的磚塊
被農民撿去圍豬舍
或蓋起兒媳的新房
其中一塊刻有佛字的磚頭
擺在妳的桌前
如一塊豐碑

妳日夜膜拜三年後
一條青蛇在妳窗外的樹上示現的那天
我在遙遠的島上
從牢房窗口看見雨霧中的燈塔
就似雷峰塔傾斜在那裡
海浪怒吼著海浪
彷彿法海在叫陣
已全身蛻白的妳
為什麼還不來救我

還平靜的海何時真能平靜如法海
而我就是夢中
才覺悟自己前世
是法海
今世是已失真失身的法海
這一只有妳知道
只因妳每次來看我
就穿著紫青色衣服
如那青蛇在妳窗外的樹上看妳
妳和妳學院高牆內的同事及同志
都已成就了難得的人身

而我卻準備下地獄
只因我前世莽撞的破壞了愛情的真理
而造成自己的誤區
一個在陷阱中的詩人
我必須等待一位飛天來救贖肉身
在這島上的牢房裡
從窗口看見唯一的觀音洞
等待已覺悟成道的摩登伽女
從洞口款款走向我的窗口

如果不再用手寫信給妳

本來想用手寫一封信
寫的滿滿
寫的手酸眼濕
如寫一首被忘了的長詩
裝在信封裡
信紙把信封擠得飽滿
如我已進入妳
而信封飽滿凸出胸腹
如妳已懷孕
那封信從妳手中張開眼睛張開嘴
張開陰唇
那些詩的文字就會迎合
就要出生
然而卻全化為夢中的雪花了

因為我沒有沒有用手寫那封信
也沒有 E －沒有
那可能是一首很難再看見的長詩的信喲
一條自閉於海岸的河流
一顆沒有光芒的流星
一個沒有受孕成功的精卵
如果我不再用手寫信給妳
我可能會成為
不會耕耘
不會做夢
不會做愛
不會遺傳的人

用紙筆寫信

眼睛離開電腦螢幕
手指離開Ｅ－ｍａｉｌ滑鼠
看見一條街帶著路燈離開一個城市
在那樣的流程中
似想要寫一首詩的思程中
打開稿紙如打開昨夜
用筆寫信給妳
在綠色阡陌的方格中
尋找用力鋤犁的感覺
尋找失踪的種籽

檯燈側照如曙色躬身向下
徹夜未眠
我的身體感覺已飽滿
飽滿如寫滿三十張密密麻麻的信紙
撐開妳的信封
將我的信紙夾緊
我們是一封準備寄出的信
要同時抵達遠方
儲存更遠古的記憶

例如前世
我們的身體就是自己心靈的郵差
將我們攜帶
抵達至那不可說不可說的時空裡

我們已是一封寄出的信了
如同我們早已出生
我們如何去截取
繼續走向死亡時
重生的機會
當妳身體的信封
緊緊夾住我信紙的身體
久久才用手寫的一封紙信
竟如此真實
如此虛幻

一種圖騰

我們在床上刻記自己的圖騰
這是第一千零一夜了
我們逃過死亡
但還有劫難
我們可能成為第一千零二夜故事的主角

我們必須總結
但只能總結三種姿勢
例如文學的三種形式
詩和散文和小說
第四種是戲劇
那已是我們戲劇性在一起以後的
我們不想要那種姿勢

我們用一種姿勢
一起寫一首長詩
寫一本紅樓夢那樣的
能夠把三種形式合在一起
在高潮的章節
真的只能有一種姿勢
最後的
那就是我們的圖騰
用我們最高的溫度
把彼此的影子
烙印在彼此的胸前

弓箭

我弓著身體
身體弓著影子
走在弓字形的河岸
來到妳的出海口

我是被妳弓字形的身體拉回來的
一枝箭
河流就是那條記憶的線
很久以前……
那時妳身體的弓
妳詩的弦
把靈魂的箭繃緊
在黑夜裡閃著月光
射了出去──

在曙色中下墜
下墜……下墜的箭
想要直直站在
戰場上田埂邊墳塚前
至地獄門口
妳不安的把線收回
我靈魂的箭沒有射中
九色鹿和五色鳥
我們一次又一次玩著這個遊戲

直到有一天我覺悟
妳就是
我托鉢沿街乞食時遇見的
摩登伽女
妳因無明
誤認我是妳前世誤識的阿難
而時已晚
當妳想成功的報復我
妳又為自己設下了陷阱

弓絃

把妳的武器變成我的武器
妳身體的弓拉緊妳髮絲的弦
把妳的樂器變成我的樂器
妳身體的弓拉緊妳髮絲的弦
在弓與琴之間
我的戰場在遠方
在妳的床
勝利或則受傷
我手中握緊弓絃
心中聽見琴音
把弓箭的弓都變成豎琴的琴
刀劍都鑄為鋤犁
這是我和妳戰爭的理想
抱著妳的身體感覺
琴絃顫動
抱著我的身體感覺鋤犁
翻開土地

草力與單刀

草的力量是
我名字的聲音
用妳有毛的筆寫汝名
用我有毛的筆寫乳名
妳寫得很快應該是草書
草力兩個字看起來寫成單刀

而我第一次去妳的床邊
實是單刀赴會
彷彿一葦渡江
靠近河邊
不是靠近海邊
遠遠就聽到心跳和海浪
床沿雪白發亮
冷而利
床沿如刀刃
妳小心坐著

妳說第一次來我床邊
也是單刀赴會的謹嚴與勇敢
非常小心的躺下
而妳終於聽到
觸摸到
草在水中游動的力量
妳感覺一種溫度進入體內

妳是水
我是草
我是水草進入妳的岩穴
妳聽見我名字的聲音
我草的力量
使妳手中的單刀彎曲成項鍊

躍過那個關卡

一條小溪如何奔離一座座山
而成為河
我用那樣的速度完成一首詩時
必須躲避一個個不存在的意象
我是用那樣的心情
想妳而走向妳時
必須躲避一個個懷疑的眼光
而所有在詩行裡應該會出現的意象
都在妳眼睛的深海
在妳身體的波浪上消失

我以一條河溯縮為小溪的寬度
進入妳
在妳水聲中我遇見
水源的瀑布
我捲起四肢的鰭
如回歸的高山鯝魚
在高潮四濺的水沫中
躍過那個關卡

飛過月光下的河流

我知道夜色緩緩降臨的速度
妳在等待那種重量
我以俯身寫詩的姿勢吻妳時
燈光側照山谷
妳的窗口
妳窗口可以看見的床
躺在妳床上可以看見的
飄浮在水上的月光
刺繡在草坡上的月光
這一段距離就是一首詩

當我擁抱妳時
詩是濕的
濕的詩在我們上升的體溫中蒸發
月光下的螢火蟲從草坡上飛起
要飛過月光下的河流
牠飛得過河流嗎
以那自閉的反光或自燃的烈焰
我們分開又相貼的身體
我知道夜色緩緩翻身的速度
妳記得那種重量

用手的進行式

在人們忘記用手
在紙上寫信是什麼之前
在全部 E－沒有之前
趕快再寫一封信給妳
在死亡絕對會忘記帶走自己的身體之前
趕快再看一次自己的裸體
看裸體上凸出的文字
把信裝入信封有把身體
裝進棺木的擠壓感
就是用我們手的進行式
進行一種工字形的公式

世界上沒有不腐敗的信紙
沒有不多餘的語言
沒有不腐敗的肉體
信在地球上旅行猶如肉體
站在燭光邊彎曲
影子在影子邊凝結白淚
趕快再用手寫一封信
用手在妳身體上行走的速度寫著
一首絕對可以流傳的詩
慢慢把信裝入信封
把身體縮進棉被
把我的一部份裝進妳的全部

還有一場戰爭

如果我們之間還有一場戰爭
我已研擬杜甫詩中的八陣圖
在石頭城上寫空城計
想當年小喬出嫁了
至今
蘇東波出紅海
我所有的算計都被妳猜中
那些閃亮的星芒都在夜空中徬徨
夢裡身是客
我的身體已是空城
是空中之城

而妳是滿載箭簇
勝利而歸的蓬船
我所有的攻擊都在妳身上
都是妳身上借用的武器
我是事後諸葛亮妳先是孔明借箭
我在曲阜從孔廟的鎖孔中窺見妳的明月
妳從越王勾踐身邊一箭射來
射中我的鎖孔
如果我們之間還有一場戰爭
我寧願是楚河漢界只剩妳我的生死對視
而不是三國

不要把眼淚掉下來

妳站在我河對岸
不要把眼淚掉下來
掉下來會變成石頭
浮突在溪流上
讓我有藉口
踏著石頭渡過溪流
向妳
像妳
每次妳的眼淚
在語言之前形成
一首不完整的詩
以最原始的熱
凝結最原始的圖騰──

一些圓體連串成的繩結
綑綁兩個彎曲的身體
如把兩個問號綁成一個驚嘆號
如一些記憶
都成為浮突在溪流上的石頭
妳想向後退嗎
妳再向後退
河流已寬為海洋
我以螞蟻的姿勢站起來
看那些石頭都是海上的島嶼
海浪不斷翻出吐沫的白舌

很多眼睛把眼白埋入湛藍
我以螞蟻的聲音呼喊彼岸的妳

不要把眼淚掉下來
在海上結成一塊塊浮冰
我會有機會渡過妳的設防
不要再向後退
我無法再靠近妳了
除非
除非我從螞蟻站成石人
妳才願回頭
用妳身體深處最原始的熱
凝結成最原始的甘露
滴在我唇上
如那位公主滴在王子身上的眼淚
使我身上冒起復活的炊煙

一首詩的片段

在妳身上
一首詩的片斷大概也是這樣
沒有技巧的技巧
用一根竹竿撐行舢舨
用雙手划動竹筏
划動獨木舟如我的身體
從海洋進入河口
從溪河流出海洋
從沒有岸的地方看見河的兩岸
「兩岸猿聲啼不住
輕舟已過萬重山」
一首詩的完成大概也是這樣
在妳身上靠岸
或則遠航

兩行白話詩

我們赤裸躺下來
例如兩行白話詩
當我們折腰才能站起來
看著兩行詩
在複雜的讀者群裡
跳著竹桿舞
在交叉的聲音中
韻腳踏進陷阱又巧妙踏出

我們不必理會那些
我們寫我們的白話詩
把我們的身體扭在一起
一種新的形式
螺旋式的進入對方

遺產

最後我們應該還有一些遺產
當身和心都腐爛消失
我們剩下我們用身心共同完成的
一行詩
一行詩曾經以一線光在夜空劃過
一條河承載月光浮在大地
一個足以承載道德與不道德的真理
一行詩的重量與質量
可以包含又必須排斥
所有哲學沉澱的真理
那一行詩所記載的愛情
應該是我們僅存的看不見的遺產

輯 三

那水聲已是叩叩的回音

紅螞蟻的烏托邦

在夢中妳看見一群綠螞蟻
他們舉起觸鬚如森林上的枝椏
月亮在上方浮動
醒過來吧妳醒過來時
在妳生活的島上
真實的世界
地毯式的尋找不到綠螞蟻
夢只是一個牢房的窗口
身體是另一種牢房
那群綠螞蟻是妳睡在草地上
身體下掙扎的小草
他們把妳抬起來
把妳療
又將把妳埋藏

妳很難寄望他們
和他們的國
會飄揚起島狀的旗幟
在夢的隔壁就是烏托邦
我記得睡在妳身邊的夢中
烏托邦是紫金色
如床燈照在妳胴體
那時白色床單被我們扭成結
我一腳跨在妳的領土上

側見窗外是一個荒涼的農村

一群白螞蟻
在絲瓜架上走出白色十字架的道路
在夢中我是一隻紅螞蟻
我相信地球的人口增至二百億時
人類就必須重建我族分工的生活方式
這就是我烏托邦的邏輯
只有我是妳夢中的真實
那時他們用手把妳抬起來又用掌聲把妳埋藏
只有我將妳擁抱使妳復活

我在牢房時能自由的走進妳的身體
我走出牢房後真實的走進妳的身體
身體卻是另一種牢房
我們必須時時探望被牢獄和勞役後的靈魂
只有我是妳真實的夢
當他們舉起觸鬚如森林上的枝椏
我是森林邊高過森林的一棵樹
我頂著月亮照亮他們

有一天我們相見了

妳是看不見我的
因妳是樹我是風
妳還是看不見我的
因妳是島
我是比妳還大的湖
我們何時才相見呢
當妳是島內的火
我是湖裡的水

有一天我們相見了
當妳是我囚房外的那棵樹
在月光下搖動著樹葉
當我的囚房就在妳的島裡
而海洋就是最大的湖
當我的火使妳的水沸騰

成就一季雨林

妳終於流汗
我站在亞熱帶的島上
看見妳北極冰山溶解
我絕對比妳飢渴
吸吮妳潔淨的雪水
一滴就足以成就我一季的雨林
那亞熱帶的島和北極冰山
是我和妳去過的地方
是我和妳
是我們曾經水火不相容的思想
而相容在水火相擁的身體

地中海

妳曾經說過我
大地一樣厚重和堅實
那時妳的身體是地中海
我真的擁抱一片海時
我其實是海中的一個島
我被妳擁抱
如一團炙熱的星體
被夜色擁抱
我們同時入夢
從彼此的髮隙從耳根
進入相同的夢境──

我們從夢境中偷渡
從一個島叛逃
以赤膽和赤裸
沒有護照
也沒有護罩
從沒有身份到沒有身體
我們以為已經偷渡
而我們只是在地中海
周圍已佈滿資本主義和社會主義的海岸
還有戰火
也有誦經和祈禱的聲音
我們要不要清醒上岸
要不要再回到那個島

我們還是地球上的地圖

我們很難了解
是海洋包圍陸地
還是陸地圍堵海洋
我們很難了解是誰的
身體包圍誰的身體

我們還是地球上的地圖
房間就是一個宇宙
蓋房子的人走了
祂只是偶而回來
從天窗看見我們
用慾望與身體
糾纏成的地圖
從色彩繽紛變成黑白分明
冷冷的等著我們互相鬆開的那一天
移山倒海天崩地裂地圖分解
彼此的身體逐漸腐敗後
還給陸地和海洋

金色沙漠

夢中海洋是金色的沙漠
我從一隻魚爬上沙灘變成紅螞蟻
我是一隻在沙漠中前進的紅螞蟻
在妳的身體上前進
妳聽不到我的吶喊
妳感覺到一種癢
在妳的夢中沙漠是金色的海洋
妳從一隻螞蟻走進海洋變成比目魚
在我的身體上游動
我聽不到妳呼喊
我感覺到一種滑

紅螞蟻和比目魚
是陸地和水裡同樣古老的生物
不要計較牠們的年齡
也不要計較我們的
螞蟻在沙漠中遇到的沙丘
就是魚在海上看見的島
就是我從海邊看著妳的乳房
就是滑著癢著的身體

在空中旋轉

當妳可以控制妳的夢
例如放風箏
妳就可以在夢中成為斷線的風箏
妳悠遊的靈魂又可以完好如初的回到妳的身體
沒有一丁點傷痕

可是我還停留在我們之間的線上
我越來越遠了
風箏的我越來越高了
從三十三樓高的天空
看著妳三樓的窗口
窗口邊紫色的床
紫色床上的胴體

而妳翻一次身我就在空中旋轉一次
我是妳手上拉扯的風箏
同時是妳夢中的一條線
一條線就是一生的牢房
妳放心的放開吧
如果連在夢中都連在線上
什麼時候妳才能學會
控制妳的夢

拔著妳的刺

妳的小島形似一隻繡球魚
浮出海面
注視強烈的陽光
把陽光一針針的吸納
太陽因此暗淡下來
黑暗因此浮腫起來
在浮腫的黑夜的膿裡

妳又把星光一針針吸納
顫抖的星光
忘了宇宙的寒冷
妳把陽光與星光的針刺
都吸進妳的島
猶如一隻刺蝟

我躺在妳身邊
慢慢的拔著妳的刺
把被陽光燙傷的手指
在星光裡冷卻
拔完妳的刺
才能看見真正的裸體

不開花的無花果

我住的囚島形似一朵花瓣
這是雲和鳥告訴我的
只有雲和鳥才能看得完整
而且無所顧忌的站在鐵窗上
用牠們的眼睛和身體告訴我
我住的囚島從空中鳥瞰形似一朵花瓣
如果不信
雲說著說著
就變成一朵花瓣
就是這樣子
雲說著說著就離開了

我也曾靜靜看著
妳的裸體
撫摩妳最美的一朵花瓣
聽妳訴說著蜜蜂蝴蝶甚至蒼蠅
如何不厭其煩的來採集花粉的故事
在異國下著雪的冬夜
妳說如果能變成不開花的無花果
就不會有等待授粉的煩惱
就不會有沿路尋覓的蜜蜂
不會有酒醉後麕集的蒼蠅

走在月光的路上
妳想要的只是花粉

在風中自然飄散的花粉
例如蒲公英或菅芒花
在我囚島的四周
例如浪花與泡沫
在風中自然飄散的
我的靈魂
我的信與詩句
就是妳要的雄花粉
終有一天會粘附在妳的子房上
妳舒張的花瓣
已如窗外的一朵雲
它說我住的囚島形似一朵花瓣
而我是一粒花粉囚住在花瓣裡

妳有多重

在牢房裡測試時間的速度
當雲的影子和鳥的影子
從樹與樹的影子間飛過
從浪與潮的聲音間回來

在牢房裡猜測自己的重量
用記憶中妳的重量
那時我抱著妳走向床
我用農民的雙手抱起
比一包肥料還重10公斤
再加上五本200頁再生紙的
詩集的重量

我以為是抱著一團火
妳卻柔弱如河流
抱著半生積澱的愛情
比意識型態還重
比親情還輕
我抱著初生之犢的重量
最難於掌握和猜測的

我就是那樣
抱著妳走向床
走向一望無際的海洋
藍色的床上激躍起白色浪花

我就是那樣
在泅泳中抱著一個島
在記憶中妳的重量足以
以一個島測出海洋與天空
加起來的重量
壓在我身上

我仍在牢房裡測試時間的速度
在一個小宇宙中側視
太陽和月亮時而疊在一起
以日蝕的眼神看著我
以妳在窗外第一次
來看我的眼神
以月蝕疑惑的眼神
妳是真的不知道妳有多重
有多重要
每一次妳來
這個囚島都因妳我的顫動而搖晃

難於解套的圓

這夢是圓的
我已在妳的夢裡　因妳是月亮
我輕輕觸及夢的邊緣　那是妳的肌膚
如果夢是圓的就會圈住我
夢見妳時就是我又在牢房裡了
我輕輕撫摩牢房的牆壁
要離開妳的夢走出夢的牢房
是那麼困難
這難於解嚴的緣這難於解套的圓

妳來吧
從夢中來打開這牢房的門
把夢拉開
猶如從出海口向兩邊開張出去
把夢拉長
拉成延伸很遠的海岸線
不是圓的一條線
就不會圈住
因為「海岸線是世界上最長的一條線」

我們之間的距離是世界上
最遠或最近的距離
我們是在海岸線兩邊
是左或右
不是前後

這條線應是解放陣線
不是牢房

可是
妳來了一次以後就不再來了
這海岸線已被堤防鞏固
被害怕海浪的人們
連接起鎖鏈圈住的
一個島嶼
圈住了妳身體的曲線
這難於丈量可是卻分明有界的
這不是圓的不能圓的夢

妳的手握住夢的橫木

是雲帶妳來還是
深夜的月光
妳站在窗外時沒有聲響和重量
我在夢中依然清醒的知道
是一個氣球一樣形狀的夢
載著妳來到我的夢中

妳跨過礁岩的海岸
海岸線在妳雙股間擺動
妳跨過柵欄身體微傾
柵欄的橫木在妳雙股間凸出
那是我的手臂或則身體
妳的手握住橫木
眼睛看著夢見妳的我

我手中握著牢窗的柵欄
例如握著妳的手臂
和自己的肋骨
我在夢中用力打開
走出真實的牢房
從妳的海岸線走過
在妳的床上浪過
我才知道我真正的牢房
是妳的身體
是我的身體

是妳在夢中出現的眼神
妳這個小島
除非移山倒海
否則如何擺脫海岸線的囚絪

新漆的柵欄

這火燒島沒有被火燒棄
從灰爐中裸露出晶亮的岩骨
這火燒島的火焰
已是妳島四周雀躍的浪花

在這島名為火燒島的年代
因為多建了我的牢房們
島的重量增加使海洋上升
然而心中還是一片大陸意識
所有島上的重量
可以用思想的天秤測量

妳來打開我的牢房那一天
他們估計我的出獄可以減輕島的重量
然而他們用舊式的算盤
用最簡單的減法
用沾過口水數過鈔票的大拇指
在戒嚴的燈光下
他們的影子在算盤上晃動
他們無法算出自己影子的重量
就無法秤出靈魂的重量
就不知道妳來到島上
增加這島的重量
使海洋在另一邊
又浮出另一個島

他們不相信愛情的重量
不知道愛情和愛情的牢房會如何加在一起
不知道我的出獄與解嚴
因妳的到來與離去
使島沉沉又浮浮
終於在二十世紀末失去了
解嚴後應有的貞操
那島上的牢房
已被妳移置於臥房
從臥房陽台外的鐵窗
我看見自己新漆的綠色的柵欄

畫像

我如何為妳畫一張工筆的肖像
妳是海洋時
我是獨木舟似的一隻筆
輕輕的撥弄著海水
在破碎的浪花之間
我只想畫一張水彩的畫像

妳是從貝殼裡誕生的那個女人
是龍王的公主
還是用長髮遮掩私處的維納斯
在神話的世界妳已有一張畫像
在人間的人性諸海中
要重新為妳畫一張
在碳筆與水彩與油畫之間的肖像

我用遙遠的陸地拉過來的一條
海岸線成為畫框
就把妳畫在裡面
妳是一個小島了
形如蝴蝶蘭花瓣
在玫瑰與百合花瓣之間
我不知如何從最私處畫起
往上畫出妳完整的裸體

把妳眼睛畫成忠貞不渝的兩隻蝶魚

把妳的眼睛畫成會飛的蝴蝶
或是兩片橄欖樹葉
我如何為妳畫一張工筆的肖像
當妳又是海洋
我身體的獨木舟
如何划出海岸線的畫框

水月觀音

不是在夢中我相信我已看見
海水用千年萬年的時間
千手千眼的巧妙
把一個小島彫刻復雕琢成
似妳的裸體又不似妳
似乎只有一個目的
即把我的牢房也設計在裡面

我在妳賜給我的牢房裡
在堅硬的大理石上
彫刻著水月觀音
火花和屑粉瀰漫在空氣中
鐵石磨擦的焦味
大理石從深山裡帶出來的冷香
大理石的紋理
黑白相間著水藍
逐漸顯現水月觀音的形象

似乎在夢中完成了作品
那天醒來
才驚覺手中想刻的水月觀音
形成時已是妳的容貌
半坐半躺在我的床上
我必須把妳的衣服穿上
但那是何等困難

當我在月光下拿著彫刻刀
冷硬的大理石卻散發出妳的體溫
就是這體溫的記憶
使我甘於牢累

當我能真正彫刻出
真正的水月觀音
那一天
就是我走出妳牢房的時候
然而誰看過真正的水月觀音
水月觀音的真面貌是怎樣呢
在四周都是海水的小島上
每一片海浪都似一片碎石的聲音
什麼地方
什麼時候
妳來打開牢房的大門
勇敢且明確的說
妳就是水月觀音
我如是如是說
妳確是確是水月觀音

那水聲已是叩叩的回音

妳是誰
妳最初是敲門問路的人
請先發聲──
我想告訴妳我不在牢房裡了
告訴妳我已不在夢中
切切的
卻怯怯的站著
看見自己的身體躺著喘息
從夢的牢房出來
又進入身體的牢房時
妳來敲門
但請問妳是誰
為什麼我日夜聽見妳

妳是水
妳是我轉動的鞭笞
我不是陀螺
是水車
在不斷向前轉動的回顧中
看著良田變成沒有方向的道路

妳是水的另一種形狀吧
是海浪
我日夜聽見妳來敲門
要上我的岸嗎

不要上來
這裡很苦
繼續在妳島的港口歌唱
不要再來敲門
這靜謐的黑夜裡
只有月光是有溫度的

如果有一天
那水聲
已是叩叩的回音
一定是他
造墓的第三者
來敲琢我墓碑的稜角
那他一定已在妳的墓碑上
看見了我的名字

輯四

隨手插上的一枝花

隨手插上的一枝花

有人從窗口隨手插上一枝花
好像窗外海面上
入冬前就來的鯨魚向上噴的一枝水花
在陽光中有著色彩
在冬春交的季節
是桃花
在春冬交的北方似杏花

然而那都不是妳所喜歡的說法
例如命中帶桃花眼中生桃花
例如一枝紅杏出牆來
然而我曾經希望妳就是那樣在牆內躺著
讓我把李枝接在妳桃枝的切口
再把桃枝貼上符咒
例如桃花女鬥周公
例如李哪吒肢解身體後借魂桃枝
醒來時已脫胎換骨

在那樣的過程中
我們是不堪折騰的
傷痕纍纍都將是來世的戒疤或胎記
我們只是上帝在人類的窗口
隨手插上的一枝花
我們寫詩
只是在自己身心的牢房的窗口插上一枝桃花
只是在人類的窗口插上一支杏花

叫吧教吧

彷彿隔著兩個島
我們的聲音在中間
在中間浮起了一個月亮
帶著百千萬億在飛魚眼中就似氣球的泡沫
那層層水霧織成的水幕圍著我們
我們其實是在一個島上的

抱著樹枝的蜥蜴與壁虎
就似兩手握住柵欄的囚犯
彷彿隔著山谷
在眼睫毛穿插陽光如針線
如針線穿插在如織線的樹枝間
我們手握柵欄如抱著樹枝
使盡全力向對方呼叫
海浪因此雀躍著要上岸
海岸因此柔軟著向內彎曲
而港口千帆與孤笛齊齊向外推開水幕
我們使盡全力向對方呼叫

才驚覺這是亞熱帶
在這裡壁虎可以放肆的放聲
妳從北部來到這裡是對的
叫吧
教吧

在叫聲中教育性交與繁殖
是妳來我身邊附帶的任務
然而全力向對方呼叫—呼—叫
猶如要衝破身體的牢房
在叫聲中我才忘了我是蜥蜴似的囚犯
我才忘了妳是囚犯似的壁虎

叫吧
教吧
互相教會如何斷尾求生
如何捨下身體的多餘
如何斷絕慾望最後的尾巴
叫吧
我們的聲音在枝椏上點燃了星芒
在兩個島的中間浮起了月亮

兩株仙人掌

在他們還沒有發現妳我以前
我們不會發光
我們隱密如白天的星星
如安安靜靜飛近黃昏的螢火蟲
我們試探黑夜還有多遠還要多久
在他們還沒有發現我們以前

我們早已交換體溫儲存了能量
蓄勢待發—或站以待斃
終於是我們發現了他們
猶如螢火蟲飛進黑夜
猶如黑夜激出星芒
我們自動發亮
他們的目光如萬箭齊射
如鬼針草花
粘附在我們身上

在沙漠
我們是長滿了刺的兩株仙人掌
看著千年前那漸漸走遠的駝隊
那是他們
而他們的白骨
已在我們腳下
微微亮著月光
我們記得他們的目光

曾經如萬箭齊射
如鬼針草花粘附在我們的身上

他們豈能知道
我們是千年後的兩個詩人
從敦煌的洞窟中看見自己
曾經看見的
沙漠中的兩株仙人掌

蝴蝶與冥紙翻飛

這一日終會來臨而終於來臨
這是提早到來的海岸或則夢境
妳的島上長滿了鐵線草與時鐘草
我清楚的看見浮起來的
妳的島是海上最大的一個墳塚
墓碑不見了
墓碑成為妳私奔偷渡的舢板

我看見妳了
同時看見妳回頭看見的一幕
百千萬隻珠光鳳蝶
在馬兜鈴草的上空飛舞
那是曾經用我的手指扦插
進入妳島的身體而後育種遺傳
成為妳體內所有蝴蝶的食物的
馬兜鈴草
正搖著百千萬億的手掌向妳告別

如果蝴蝶真是花的靈魂
妳就是妳游離的島的靈魂了
這海上浮起最大的墳塚
飛舞著百千萬億張的冥紙
－在墳塚的四周看看－
翻飛的冥紙最像蝴蝶的靈魂
未燃燒的成為黃色鳳尾蝶

燃燒中的是紅斑曲彼紋鳳蝶
要燒不燒的是藍色紫斑蝶
燃燒一半的是黑斑紅翅鳳蝶
已燃燒為燼的
是那麼輕盈自在
在風中翻轉著黑與灰的翅膀
在風中碎散為泡沫或則浪花

在百千萬億的蝴蝶與冥紙翻飛的影幕中
妳划著私奔偷渡的墓碑的舢板緩緩駛來
背後剛結束持續了一百年的戰爭
我站在我的海波上等待了一百年
我是剛醒過來的尤里西斯
穿著鄭和下西洋時的官服
妳是比海倫和昭君還美的王后妳終於來臨

紫丁香與魚餌

在自己的山上聞到的紫丁香的香味
以為能在妳的島上開花
在渡海時卻枯萎了
靈魂在海中變成白丁香魚
為了能讓他們將我捕捉
成為釣妳的誘餌
我以丁香魚的速度
游向那密網的陷阱

為了那固執然而虛幻的永恆
為了進入妳的身體
我選擇了黑潮逆流的季節
想把我成為妳的一部份
當我是一隻被妳吞下的丁香魚
妳已忘記妳是鰹魚

當妳已是堅硬的柴魚
我尚記得我曾是丁香魚餌
我尚在妳身體裡
他們把妳僵化硬化異化時
他們怎能知道
我曾是為了在妳島上開花
在自己山上遍佈香味的紫丁香
他們豈能知道
我殘留的香味
在妳人身的身體裡
還可以使妳的靈魂復活

綠島與鹿島

這是綠島嗎
在風中有人敲門
（一片海浪向妳問路了）
我急著替妳回答
這是鹿島
我回家時我尚在夢中
我是鹿島牛頭山上一隻九色鹿
這是綠島還是鹿島
妳在我之後回答
我從妳的聲音聽到妳的母語
遠自二百年前的海浪
從清朝的燕門經澎湖琉球而來
那聲音的尾巴讓我看見
那聲音的魚尾紋
當妳說綠島
妳就隨著島的尾音倒躺下來

我看見一隻黃綠斑紋的雌蝶魚
姍姍來遲懷著人間的春意
游過百千萬個飄動著黃綠斑紋的扇形軟珊瑚身邊
那絕不比一隻九色鹿看見九色雲城
緩緩在海上移動還要壯觀
當我說鹿島
當妳說綠島

我看見水中的我
從夢中從軟珊瑚變成了黃綠斑紋的雄蝶魚

假使妳真要我從夢中醒來
我就告訴妳
那牛頭山上無名的思想者的墓碑
早已成為解嚴後的磚牆
那九色鹿只是把頭伸出磚牆的長頸鹿
磚牆外盡是白浪一樣的
羊群盡是羊咪
而那在海上移動的九色雲城
其實只是道德的柵欄
經不起那一片片海浪的扣問
就如海浪一樣的破散了

軟珊瑚硬珊瑚

款款擺擺婀娜多姿
妳在水中又似不在水中
例如風中的柳枝與細竹
如水草或海帶
似要浮游而去實已根深於岩
妳親近著暖潮而生的
金黃色的軟珊瑚
例如扇面或孔雀的尾巴
蠕動著細細的絨毛和羽毛
例如魚一樣向我游來

妳看見我－這
－這不只是二十年戒嚴之色的隔閡
這是二百年遷徙與變形
我是非白非黑的硬珊瑚
在海底
在死亡與非死亡之間
例如岸上的樹影
看著妳款款擺擺
在海底
在時間與海水之間
逐漸變硬
那時
我們才有結合的可能

小王子的第一滴水

妳有野百合的顏色
但妳在杜鵑花城學習學院的規矩
但妳只喜歡玫瑰
但妳
是一個沒有海岸線的島嶼
沒有燈塔的港口
妳是

一個星球
我沿著身體滿佈的經絡
例如通往妳星球的星系網路
一片片浪花之海盡是翻折的光芒
歷經百千萬次幾度夕陽紅與物盡天折
最後
我蹲在妳星球的沙漠上
蹲下來還原為一個小王子
我看著
看著妳從地球轉生而來的玫瑰

妳不僅早已掙開學院裡知識的枷鎖
且已蛻盡人身繫合的習性
在喜悅或則還有的悲傷中
我尚看著
看著妳原身盛開的那朵玫瑰
在這沙漠的星球上

假使我只能轉生為度母的一滴眼淚
成為妳花瓣上的一滴露珠
我就是一百萬年後
這沙漠星球上的
第一滴水
只要能反射到地球的星光
這裡將繁衍茂盛
例如被海岸線波動著圍繞著的島嶼

想要登陸為獸

飢餓或則危危的我
一隻抹香鯨
想要擺脫海洋的牢房
想要登陸為獸
還需三十萬年進化
想要登陸至妳的岸
飢餓或則危危的我

遠遠的看著妳
以一個島的裸體浮在海上
我以一種溫度靠近
靠近妳的唇
妳沙岸的唇線是海灣
陽光的口紅
有著赭紅
赭紅的唇

而我們真實的接觸我才驚覺妳
口紅唇膏
是鯨油煉製
從妳的半殖民地消費商品櫃購買
人類最現代的化粧品牌
我和我同伴的血
使我驚覺
海洋的牢獄遠比妳的陸地自由
成為獸或則馴獸師
未必就比較文明

無名指所指

沿著我無名指的方向
和太陽成垂直線
水深十公尺離地獄還很遙遠
妳仍能清楚的看見那隻蝶魚
她輕吻著金絲菊似的活珊瑚
而金絲菊似的活珊瑚正在滋長著
想圍住我曾囚困的島
而我無名指所指是請妳明白
我眼神就如那陽光
穿透妳眼波透視妳心中的那條魚

是比目魚妳說
和蝶魚同是忠貞不渝的魚類
這雙魚是妳雙魚座標上的圖騰
我用我的天秤秤著
愛情的重量
當金絲菊似的珊瑚礁長滿島的四周
也許過了一萬年
我們栽的萬壽菊也長滿了全島
屆時我們早已不再受我們肉體的煎熬

靈魂例如那對彼此忠貞的蝶魚搖搖擺擺游離珊瑚礁
循著穿透海面的一道陽光上升
必須上升
上升是我們互相許諾的意義

然而只要有一絲絲掛念
一絲絲掛念如下垂的餌
我們就有了
有了重量
上升是那麼沉重與艱難
我們必須在有生之年
就開始練習輕－
輕的上升

看見另一道出生的牢門

出獄後第一次蹲在自身牢房的門口
從鏡子省視
妳從背後緩緩張開身體
我從牢房的門口
看見百合花逐漸舒展唇瓣
它努力使自己膨脹為紅色玫瑰
然而它已是一隻珠光鳳蝶
在馬兜鈴草叢中
持續舒展著翅膀

我要妳自己證明
如何不用鏡子可以用肉眼
清楚的窺視妳形而下的那隻蝴蝶
蝴蝶下那朵從紅色裡開出紫色的花瓣
除非妳從最難的瑜珈姿勢超越自己身體的結構
而最簡單的方法是
我的眼睛就是妳的鏡子

在鏡中妳看見那蝴蝶
玫瑰和魚
妳的眼睛看見我的靈魂
而我掙脫自己肉體的牢房
最後的方法
是日夜從牢窗看過日月以後
用舌頭的力量扳開
妳日夜媾合的縫隙
看見另一道出生的牢門

紅星柳

每一朵雲靠近妳的小島
都從妖媚的眼睛變成
慈悲的嘴唇
每一片海浪向後遠離
都翻飛成菩提樹葉
向前覆亡——
都成為貝殼和腳印
圍著困著妳的小島

我是離海岸不遠的離奇的一棵紅星柳
戰亂中被移植至此
在亞熱帶與熱帶的小島上
河灘被海浪啃咬的邊線
狂風中披頭散髮
月光裡垂下靜靜的肩膀

彎腰觸摸受傷的腳趾時
想起祖國江南的雨花巷
童年的炊煙繞過雷峰塔
而比雷峰塔還重的小島
長住著妳的身體也蟲蛀著我

罌粟花與馬兜鈴草

這火燒之後島上植物的種籽
由風從天空降落
由鳥從天空銜來
由海浪沖來
那踏著海浪登陸的種籽
被鹽和藍醃過的色彩
重新在島上發芽煥新

什麼時候這島上長出了罌粟
罌粟花在蒲公英與菅芒花之間
在野草與中藥之間
在開花的季節
我在牢房裡嚐到了罌粟花的蜜汁
那上癮的感覺
猶如吸吮妳最神祕的花瓣
在嗅覺與觸覺之間
我終於無法戒嚴自己

我尋找這牢房的天窗
從天窗的星光裡
找尋出獄的方法
用最後的方法
用筆
例如鑰匙開鎖
我寫詩

詩行例如一條條海浪
加著鹽份滌洗傷口
把慾望裂開的傷口醃好
把上癮的情毒稀釋
在這島岸
長出金盤花與馬兜鈴草

梅花鹿與雪狼

妳送給我的囚島在亞熱帶與熱帶之間
那道模糊的界線也存在妳我之間
它終年不會下雪
但在酷暑的深夜
從牢房的窗口
我看見一隻全身雪白
只有在雪地裡才會出現的狼

但這島上最迷人的動物
是有著雪花斑點的梅花鹿
她曾經是一位美麗少女的化身
但那隻全身雪白的狼
像是曾經追逐那隻梅花鹿的青年獵人
他蹲坐在燈塔的頂端
使整座島籠罩起下雪的氣氛

那是一隻堅貞不移一夫一妻制的狼
黃昏時在海岸礁岩間凝視著
一對也是堅貞不移的蝶魚
在他飢餓的慾望升起的同時
他從水面的波光看見前生
似她梅花鹿白色的斑點
似雪花斑斑下降在故鄉
他慈悲的看著那對蝶魚
從活珊瑚柔軟的觸足間游過
他寧可孤獨的蹲坐在燈塔
至深夜
成為燈塔偶然轉過來的一道閃光

叫著一個名字的高度

從島的海岸線看齊
從海灘的馬鞍藤看起
還有水芫花與紅林投
隔著島上唯一的一條小馬路
觀光客們眾目睽睽
我如一隻驚愕的白鷺鷥
如更加瀕臨絕種的黑面皮鷺
或更突兀惹人厭的詩人似的角鴞
在那兒叫著惹人怨的聲音

僅僅站在海濱或對岸的河邊
很難測量山的高度
然而我為什麼要汲汲於測量山的高度
因為妳是會開花的高山杜鵑
一個更遠更高的島上
因為念妳的名字我如鸚鵡學習發音
並要求自己向自己重新命名
杜鵑杜鵑
那樣叫著向一個高度上升
我就是杜鵑
我就是杜鵑鳥了

我已是杜鵑鳥了
而且已在一個高度
不用溫度計測量這高度的寒冷

每上升十二公尺
水銀就下降一毫米
不用那硬體的科學的殼
用我此生與向妳而生的自然

用我向大地呼喚的回音
就能測量自己的高度
河流的水紋慢慢緊縮
山的等高線如綑綁陀螺的細繩
越綑越緊空氣越稀冷
海岸線也把小島圈縮成一個句點
我一面叫著杜鵑杜鵑
叫著妳同時叫著我們的名
這不惹人怨的不惹人厭的聲音
我回音的距離就是我的高度
就是推我向妳靠近的力量

青梅竹馬

那少不更事的人並不知道我的名字
隨意將我的殘枝倒插在路邊
人們說我是玫瑰
是杜鵑是燈籠花是柳
無性繁殖插枝即活
然而那個少不更事的
把我倒插在路邊
我仍然能倒立著吐芽等待
只是不知何時會枯萎

等待著也是等待著
路人的影子何其多
例如滾滾塵埃去而不返
那大概是一種因緣機遇
一個路過的農民隨手將我拔起
又隨手插在路邊
我終於正身向上吐芽
我才驚醒而清醒的看見自己
是一根竹生長在一株梅旁邊
我記憶裡的童年
在純樸的農村
童年的妳我玩過的遊戲
或則是不在記憶裡的妳我少不更事的前生

在居所窗口喚我

妳說妳剛閉關出來
就一路沿著河流走到出海口
在我居住的窗口喚我
草鞋沒有粘上一粒沙
沒有濺到溪水
妳幾乎是空行母似的空行而來
妳的輕沒有幾個男人能掌握

但妳需要重量和飢餓
妳尚在人間
來到窗口喚我
我的居所在方外
心靜如井水
妳需要重量才能踏起我的漣漪

妳就是那有了重量的月亮
輕輕落在我的井水裡
生起的一片光波
都是長出翅膀的螢火蟲
看見在夜空中真實的月亮
螢火蟲都似生起的思念
越靠近出海口越靠近曙色
就越快消失
就離妳越遠

自然的指令

在山稜線上平行的河流
沿著等高線下山的妳
形成一個漩渦
向海平面緩緩下降
妳和他終究是分開了
他山的稜線消失在近海的平原
妳是河流繼續向我靠近
我是千萬年來
就等著妳河流的海岸

妳穿透最頑固的山壁
他們只能站在妳後面
看著妳向我靠近
妳滋養逐漸稀有的樹和花
看過她們開放的色彩與風景
她們在背後歡送祝福
妳心甘情願的向我靠近
向我靠近是大自然的指令
是科學的證據是生命的共認

無法阻擋

我承認失敗
用整座山也無法阻擋妳
用人類最高的柵欄霸體
用全部的河岸
一直撤退到海邊
用全世界的海浪
也無法阻擋妳
阻擋妳河流似的身體

無法阻擋妳對我的誘惑
就是無法阻擋我對妳的思念
心裡有一片葉子
葉子上有一隻螞蟻
順著妳
順著妳河流的身體
翻過數重山
細細看盡妳河邊的風景
妳知道螞蟻如何在葉子上
保持平衡
妳知道螞蟻在夢中
爬過妳乳溝
妳很癢
但願意沉醉下去
我在心中的葉子上飛翔
能夠阻擋我的
只有妳俯身看見的
我眼裡的天空

使君子樹

小時候看著使君子樹小時候的樣子
我以為它是長不大的葡萄
而今它爬過妳住家的圍牆
爬上窗口看見妳

而我也爬過中年
也爬不過那條永遠無法
看清楚的愛情線
在那條線上
遠遠的看著妳的窗口
慢慢的走進了妳的窗口

我以葡萄藤的莖葉長成使君子樹的花果
在妳的窗口看著妳
假使妳還記得那首藤纏樹的民謠
樹死而藤也枯
我就是死君子樹了
我就是君子
遵守著諾言
無論走到哪裡
走了多遠的路
還是會回來看妳

漩渦

我們是兩個漩渦
在河裡互相擁抱
無法阻止的向下沉淪
天上的雲被捲入對方的懷裡
我們在河裡捲入它們
我們在河裡追逐
分開又連結
沒有兩岸
但我們已接近出海口
聞到海風和鹽味
接近最大的水藍
我們是否還會
是小小的漩渦
進入大海
是否會變成更大的漩渦
圍住一個島
一個髮螺的中央
我們有可能上升嗎

不會蒼老

妳我一起蒼老
我們才不覺對方已蒼老
如同兩個比鄰而生的島嶼
我們的記憶和想像
都在彼此的腦海中
永遠在海上
同速並肩而行的兩艘船
不管風浪和潮流
彼此看著對方是靜止的
永遠在空中同速
比翼而飛的兩架飛機
彼此看著對方是靜止的

妳從雲裡看見我在雲裡
兩輛永遠同速並列前進的火車
彼此看著對方是靜止的
妳從那個窗口看見我的窗口
我們同速
我們是同位素
我們不會看見對方的蒼老

卑微的星光

妳是今晚的月亮
在妳背後上升的
是一顆卑微的星

縱然用光年計算
星光已在妳記憶之外
它只是發出卑微的光

我看見妳是今晚的月光
我在妳背後
沉默不語

繞著圈子

我們繞著圈子
回到童年
站在圈外看著童伴
玩一種似是而非的遊戲
故鄉的風景
如同皮影戲的布景
我們看著他們遠走他方

他們也繞著圈子
如同我們不自知
一直在劃地自限直到老死
當輪到他們站在圈外
看著我們還在下沉
他們都似站在水面上的天空
觀望我們
我們其實只剩妳我
從童伴而同伴而同志
我們竭力成為兩條平行的鐵軌
甚至成為兩條永遠平行的雲
耿直清白忠貞的直覺向前
豈知我們仍不自知
縱使連接海洋連接各洲
成為沒有回音沒有地界的地鐵
甚至已是沒有兩岸的河流
我們也只能躬身曲腰繞著地球

我們繼續直覺向前
我們的意志
意念與慾望
使我們永遠繞著圈子
成為我們自己的牢房
在牢房裡肉體一天天成長復衰老
我們努力喚醒記憶繞著圈子
沿著永遠沒有終點的海岸線
回到我們的童年
其實只是繞完一個島嶼

不是青梅竹馬

我們不是青梅竹馬
但我是紅梅
妳是綠竹
我們經歷過不同的冬天
經過同一個春天
我的梅在梅雨中熟落
妳的竹在清明時初筍
我們不是青梅竹馬
我們是二十年後
滿頭白髮的兩個詩人
為著紅梅是不是紅色思想
綠竹是不是綠色理念
再同一個春天
為已去的冬天辯護

被海浪咬成水

妳是知道的
河流被太陽曬得彎腰時
妳的體溫我是知道的
岩石被太陽曬軟的體溫
被月光撫觸時又硬了
妳是知道那種感覺的過程

但我尋找一個小小的島嶼
它有一天會被太陽曬成太陽
被月亮摸成乳房
被海浪咬成水
妳是知道的
我在妳身上尋找

燃燒樹葉與雜草

我終於能鑽木取火
火苗保持一萬年前
它第一次被人類發現的姿勢
一根木頭靜靜燃燒
火色與煙形告訴我
這是一根堅實耐燒的木頭
一根在雪中生長
在夜色中被砍伐的木頭

我以一根燃燒的木頭
燃燒妳全部的樹葉
樹葉中滲什的雜草
也一起燃燒乾淨
使妳身心內外綻放
綻放成一朵梵谷的向日葵

回旋的弧線

燕子在空中銜住一隻蚊子
向著下過雨的馬路俯衝
牠再次上升回旋
弧線穿過樹稍
（我突然看見妳）
兩片落葉在空中摩擦
我聽到兩片落葉在空中撞擊
火花蔓延
整片樹林都是秋天的楓紅

我尋找什麼力量
輕輕一觸已是雷霆萬鈞
每一次靠近都是
為了離得更遠
每一次輕觸都變成撞擊
在向後退去的速度中
繞過一個弧線再回來

走在日夜交會的
海岸線
走在那條
會再回歸的
弧線上
我尋找什麼

輯 五

假使我的犁就是船

試金石

夜裡的風是柔軟的嗎
今夜的夜色卻是堅硬的
堅硬的夜色是流星的試金石
流星在夜色中劃下一道道金絲

黑夜中的黑頁岩看起來是輕浮的
它是自信又冷靜的黑膽石
是純黑純正的試金石
一道道金粉絲條
是黑頁岩的筋絡與皴紋
每一次摩擦
彷彿都留下太陽與流星的光芒

彷彿我們每一次身體的摩擦
妳我的皮膚
都似把愛情的純度
把彼此的身體
當成試金石
妳在我身上磨損的痕跡
是彩色的歲月
也是傷痕

金包銀

妳躺下的島嶼
髮絲已浸入海水
人們沿著海岸上來
尋找金礦
在髮叢中埋沒的一根金簪
在山壁裡生長為綿延的金礦脈
然而我的上岸
以一種飛翔的姿勢
以蘆葦花翻身的種籽
絨毛向上猶如一隻蚊子的翅膀
輕盈的飛翔

在妳髮茨上降落時再翻身
細根抓住妳的礦土
在妳礦土的隙縫中
我伸長的根抓緊了一小塊黃金
在秋末
蘆葦花瀰漫著雪白的山丘
脫盡花白的我的身軀
極想在風中
抓緊妳身體裡的黃金
向著海上飛翔而起
然而我是沉重的
我是沉重的從夢中醒來
我是沉重的水銀

為了妳金的純度
用我銀的重量與質量
從沙中顯現妳的光亮
我不想在水中蒸發
又在水中凝固為銀
我要在一千度以上的火中
被妳擁抱仍至失去自性
我要那金包銀──那首歌

就在妳抱著我的那夜
向著海岸歌唱著
有一顆蘆葦花的種籽
輕輕黏附在妳的髮絲間

坐在我身邊

除非妳一直都坐在我身邊
夜色降臨時就點起一盞燈
至凌晨霧氣從海岸款步而來
妳一直都坐在我身邊
例如一個島緊鄰一個島

一顆星緊鄰一顆星
一團一直坐在山邊的白雲
一座一直坐在海邊的青山
一顆一直坐在河邊的岩石
妳一直坐在我身邊

例如夢中渡溪而來的母親
坐在我身邊
教我如何用筷子用筆
例如夢中新婚的妻子
教我如何用手用槳

除非妳一直都坐在我身邊
例如
例如看守一個囚犯
除非妳偷偷遞給我
牢房的鑰匙
傳給我一個未來的密碼
除非我不再感到妳的體溫

從海岸線的手臂傳來
妳一直坐在我身邊
例如墓碑陪伴著墳塚

石頭與舍利

這島上有兩顆奇怪的石頭
它們看起來像妳的乳房
它們在我的手上
我猜想它們是一億年前
從外太空墜落地球的隕石

我猜想時
我的手掌感受到了一種溫度
逐漸熔化了我的掌紋
我心中的河流開始改道
我的出海口就在妳家門前

妳把房門反鎖
我必須打造一支鑰匙
我需要火
我必須打造一支鑰匙
我需要一種不會有灰燼的火

我不要燈光
它在牢房的壁上
它是火的牢房
我要真正的火光
我要它們在我的手上
例如那兩顆殞石
例如妳的乳房

我輕輕的磨擦
就起了火花

這火不會有灰燼
縱然把我們燒成灰燼
就是我真的打開了妳的房門
同時也打開了我的牢房
這不滅的昧火
會在我們的灰燼中
留下我們眼淚的舍利

五指山的重量

誰能用五根指頭扳開地獄的裂縫
如同在樹葉間看見你頭蓋骨的裂縫
而你是外出謀生未歸的丈夫
你已死亡很久
在樹葉間看見你頭蓋骨裂痕的青鳥
是你來世的妻子
你已死亡多久
你是越獄多久才在樹下一睡不醒

誰能用五根手指頭扳開地獄的裂縫
如同用五根指頭壓住了西遊的靈魂
如同妳海風中漂浮的長髮
在我的五指間滑下花菓山的瀑布
五根指頭連接五臟六腑的神經
五根指頭連接五種慾望

把妳的髮結成一雙翅膀
也是妳飛天的翅膀
我把五指山的重量移開了
在西遊的路上
何時可以遇見如來

妳是雨

今天妳是雨
在天與地之間
在天與地之間妳是人之初
在天與地之間妳互通一種密碼
傳遞一種聲音和溫度
傳遞一種感覺
從我的眼裡和皮膚
在雨中妳夾著閃電
妳帶著塵埃
同時清洗天地間的塵埃

我在雨中
稀疏的看見樹林裡的陽光
看見柏油路上的月光
我在雨中
聞到帶著海風的鹹味
聞到沙漠中的蓬鬆與沉澱
我在雨中點燃了身上的火
我是妳雨中的囚犯
雨幕就是我的牢房
妳雨中帶著塵埃
在我身上乾燥
泥塑我的形象
妳雨中的塵埃
什麼時候堆積成海上的小島

什麼時候我在島上遙望
妳是雨
是一大片看不遍看不見的雨
從妳出生的地方
向我的島覆蓋而來
妳是雨的重量
我感覺妳的重量
在天與地之間
在浮升與沉澱之間

如同月色

我的眼睛藏在雲裡面
如同月色
關照妳的島
如同妳身體在水中舒展
從一朵蝴蝶蘭的形狀
在入夢前
側臥成半遮的琵琶
在我臨近前
翻臥成大提琴

在我的懷抱與雙股間
大提琴
我手指撩撥與撫弄
遠方大郵輪逐漸駛入
這島的港口時低沉的鳴聲
一輛大客車從山腳下
緩緩駛過的空泛的回音
在我們體內風暴來臨前
這緩慢的前奏
是海灘入夜前沙沙的波浪

我們打開身體的牢房
看見門外孤寂著站立了良久
陌生而怯懦的靈魂
看著我們是裂開很久了

兩個海底的板塊
在岩漿般的熱流中熔接
海浪開始掀起了高潮
風呻吟著

在我們關上牢門前
沒有重量的靈魂
已先悄然離開
或則只是反鎖牢門走進來
如同月色消失在海面
沒有腳印
若有一點潮濕的痕跡
應是以一片大海為背景
以月色凝聚成的
以兩個海底大板塊擠壓出的
妳囚困我的小島

妳問我可以留多久

每次妳問我可以留多久
就像一座山問一片雲能留多久
海岸間剛來的海浪能留多久
一朵花能開多久……
一顆星能亮多久……
是問不完問不出問不來
就像妳問我
人類到底能存活多久
如果如那本經書所計51億年
我也只能留下來
倒如一陣雨來了

在雨中妳問我什麼是前世
我說在下雨之前那片雲
就是雨的前世
在雲裡如同在彼此的體溫裡
就知道水的過去和未來
就別問誰的過去和未來
沒有現在就沒有過去和未來
沒有現在妳我
就如同雨沒有水蒸氣和雲

現在妳的等待與我的到來
如同雨水飽含塵埃的重量
下降在我們要走的路上
每次妳都問我來了可以留多久
而每世都是妳先走

圓圓的斜斜的島和海

應該只有一天就只有今天
我看著妳豐實的乳房
圓圓的在妳的草原上隆起
我的身體是一塊斜斜的
已經沒有姓名的墓碑
靠著妳圓圓的隆起的
明日的墳塚
妳是看不見我了
但妳尚可感覺到我似乎沒有溫度的溫度
正碰觸著妳的前額
從妳乳房的背後
我尚可看見長長的海岸線和
也是圓圓的隆起的海

應該還有一天
是不可能只有今天的
如果這是最後
就代表了以後更長的日子
會如今天一樣站在慾界的岸邊
看著妳圓圓的隆起的乳房
用我斜斜的逐漸敗壞
而也無法阻止敗壞的身體
靠著妳圓圓的隆起的
在圓圓的海上
逐漸模糊的

圓圓的隆起的島嶼
島嶼前斜斜的
逐漸敗壞的燈塔
猶如沒有姓名的墓碑
斜斜的靠在墳墓前

在夜的懷裡點燈

看妳島上的燈塔在汪洋夜海中
猶如我在深山深夜的漩渦裡
看見一點的螢火
螢火飛越潮濕的原野
黎明之前
消失在山谷上方燦爛的星芒裡

假使燈塔在海上浮游著
螢火在山谷裡蕩漾著
他們在夜的懷裡點燈
我想——
我想在妳身體裡面點燈
在妳的暗夜點起一盞燈
在妳的曠野中點起火把

我把海洋裝在空酒瓶裡了
猶如子宮已裝在妳的身體裡
我是浮起的或正在下沉的燈塔
我是蕩漾的或明滅的螢火
在空酒瓶裡
螢火蟲游在海水中
妳知道那就是
我怎麼進入妳的身體
怎麼在妳的海洋中泅泳

散落的石塊

我給妳最後的一次等於全部
等於一座山剝落山頭
無法回顧無法反悔一頭栽下
在山谷碎散成無數石塊
在河那邊
妳看見他們撿取石塊去蓋妳的房子

在河這邊
我看著妳住進用我骨架蓋起的房子
妳把其中一塊小石頭
刻成印章吧
讓妳的名字在我身上刺青
在一張誓約上
蓋下永不褪色的印
或則妳把那塊石頭當成書鎮
在妳的書桌上看著妳
或則你要把它當成磨刀石
用我的磨損
增加妳的銳利

我教妳一種姿勢

我教妳一種姿勢
向自己的影子朝拜
背著太陽
向遠山和大地朝拜
我教妳如何握緊鋤頭
稍微俯身
憑著手指握緊鋤柄的感覺
感覺大地在沉睡中呼吸

妳手肘伸太直
背和乳房稍挺
那是妳的習慣
側臉
告訴我另一種姿勢
握緊高爾夫球桿
憑著手指握緊球桿的感覺
妳說大地同樣也在呼吸

但我是賣掉農地給高爾夫球場的農民子弟
妳是高爾夫球俱樂部的白金卡會員
但我們要一起呼吸
貼吻時互通鼻息
喘氣時給對方一個缺口
我們用同一種姿勢
憑著手指握緊的感覺

俯身
或則折腰
側臉
裸身躺在床上
彷彿兩個相反方向的問號
喘氣時仍給對方一個缺口
彷彿兩個面對面的問號
在彼此缺口的裡面
有一個心形的空間

我曾是湖泊

妳是河流
這世界沒有不彎曲的河流
河流註定要牢靠兩岸
現在我在妳河上
船就是我的牢房
我曾經看不見兩岸
在你送我去的一個囚島上
而妳的河流註定要面對兩岸了
就似妳時時刻刻在意著
自己婀娜的曲身
妳面對著我
以妳身後的天空
妳身後的天空也有長滿細草的兩岸
不管身在何處都必須面對兩岸的問題

我曾是湖泊
本沒有兩岸的問題
只因妳曲身流過湖邊
潮訊干擾而驚醒我身的波浪
和妳身的波浪和合
我的岸和妳的岸接
妳的兩岸影響我的四周
直到妳流向太平洋
那裡
沒有兩岸的問題

那裡真的沒有兩岸的問題嗎
真的有那麼一天
那時妳消亡在海中
我亦乾涸

飢餓登山頂

我們要爬上一座山
羊腸似的山路邊長滿銀合歡
偶而有一棵相思樹斜出山壁
山壁斜紋裡藏著藍寶石
烙印著酷似葉片的魚化石
從細緻清晰的葉脈走向裸露的礦脈
從植物的年輪走進曠世紀
為了登上山頂
能夠看見海上那個曾經囚困我們的小島

回頭看著走過的山路
盤結如自己體內的小腸
妳說已聽到山谷溪水咕嚕咕嚕
其實那是我們飢腸同時叫喚的聲音
在山頂我們不用腹語術
向山谷大聲喊叫
一時忘了飢餓
等那回音「我──愛──你」
回到我們身邊時
那遠方遠方海上的小島就從雲霧裡浮出來
那受困似的橫躺在海上的人體

聽到海浪拍擊小島的聲音
那麼模糊
那是妳飢腸轆轆的聲音

握住妳的手那聲音就如雷響傳導
驚動了我更深沉的飢餓
我聽見山底尚有火山岩漿滾動
但山頂將要下雪
我們身心上下都已飢餓了

那遠方遠方的小島
似乎是會冷笑的舌頭
在亞熱帶與熱帶的界線上
看著我們在已是冬季的山頂
像兩棵圓柏那樣糾結在一起
我們身邊的高山杜鵑
被我們的激情開出紅花
真等到下雪了
我們也要是兩個黏在一起的雪人
繼續受困似的看著
遠方遠方那個
曾經囚困我們的小島

飛過巨大的陰影

鉤月確實是妳的耳環
我可以觸摸它
戒指是被月蝕的太陽
我將它戴上妳的手指
那是一種進入的儀式
我們知道月亮已在太陽裡面
我們在夢中
我們知道月亮也繞著太陽轉
我們已在夢外
現在成一直線
我們清醒並直視對方
擋在中間的地球
擋在我們中間的那塊巨大陰影
已漸漸被我們移開
太陽又照見妳的側臉
在非常非常美的輪廓中

非常非常美的注視
不因長期的隔離而中斷
但當我出獄時
也是出關時
我們已蒼老
而且已走向一條跑道
準備飛行
準備離開最後的牢房

幾絲白髮就是羽翅
身上慢慢擺脫裝飾
妳的耳環我的手錶
妳的戒指我的眼鏡
所有有重量的和沒有重量的都向下脫落

我們的衣服還給樹和草
骨肉皮毛齒甲還給土地
精液血汗淚涕濃唾還給溪海
最後一口氣還給大氣
大氣才得以讓我們向上飛行
大氣也將我們阻擋
我們尚且維持零度以上的恆溫
直到幾絲白髮
成為空中緩慢飄下的雪花
我們不再有恆溫
不再有————有
雙手撫拍過日月
繼續飛行向無色界

兩個影子

妳擋住我同時在我裡面
當妳是日蝕之月
我是早起的太陽
我是眼睛是眼白
妳是黑色眼瞳
妳擋住我同時在我裡面

我孤獨的太陽繞著一個妳看不見的圓
一個更大的圓
我孤獨的一個人
繞著比小學校操場還大的圓
至深夜我看見自己有兩個影子
一個來自路燈
一個來自妳的月光

妳要我放下蠟燭

在妳的門口點亮蠟燭
燭光比陽光還紅
在風中比陽光還綠
在熄滅前比陽光還白
比妳屋內的燈光
更具靈魂的形狀
妳要我放下蠟燭
站在進入妳身體的門口
妳要我拿起心中的火把
把妳燃燒

假使我的犁就是船

假使這島嶼是地球上最後一個
可以耕犁的地方
最後一片雲還想下雨灌溉的泥土
我是島上還在苗長的一株水稻
我的芒穗及根鬚夾著妳
耕犁時掉落的頭髮
我的犁耙像妳的髮梳
梳犁著在風中飄浮的波浪
我的犁就是船
犁著妳逐漸飽滿的海洋
假使妳是我最後一個可以停泊的港灣
假使這島嶼是地球上最後一個
可以耕犁的地方

鐘乳觀音

妳在妳的島裡懷孕著妳
島的中央有一個鐘乳石洞
在裡面有妳濕潤的水漬
我觸摸妳的鐘乳
一個妳在那裡一萬六千三百年
剛好是妳的身高
一百年一公分妳一百六十三公分
比我高一點點
專家們說
從母系社會以來這是最好的高度比
我們已習慣彼此的姿勢和距離

我在鐘乳石洞裡看見了一個時間塑造的妳
在夢中才會醒來的
但我的時間不多
妳應該知道
我是被偷偷外獄的囚犯
猶如一個在夢中悄悄離開肉體的靈魂
再怎麼自由也是在妳島嶼的牢房裡
在這麼自由的片刻
我觸摸了妳的鐘乳

軟化為嬰兒

讓海岸線離開海岸
還原為海浪
海浪一波波來來去去
海岸線就是海浪一波波的化石
就是妳緊貼著我的唇線
緊依著我一生的
那就是一種活化石的雕刻
活化石的雕刻
只要滴一滴血
加一滴淚
雕像就開始軟化為嬰兒
如我躺在妳海洋的身上
一個小島
一個嬰兒

我的手機

妳送我的手機
就變成了我對妳的震動與叮嚀
變成了我器官的一部分
我的手機
就是撫摸著妳的另一種稱呼
妳對我的一種稱讚
我的手機靈巧妙
閉著眼也能手讀妳身上所有祕密

我的手聽妳的指示也不聽妳的指示
在似有似無的時候
那時——
那時的電話鈴響了
二十年前
在來不及伸手抓起話筒時電話停了
他們全副武裝衝進房間
從此——我進入另一個牢房
我們隔著海洋對望二十年
我才真正覺悟
你才是牢房外的另一個牢房
現在——出獄了

妳卻以一個手機遙控我
我必須以手機靈的
開啟妳幾乎塵封的缺口

開啟一個牢房的門鎖
我的鑰匙垂掛在身上
我旋轉著進入
想打開牢房的門
想再進入牢房
妳是那麼柔順而又浪蕩
妳只是把門向外開
把自己放出來
又把我們關在一起

眼淚的重量

從牢房窗口
看星光的強弱
看見自己的年齡
和生前的重量
看雲的速度而看見雨量
在雨點例如群蜂密密麻麻而來時
在其中看見自己的一滴眼淚

什麼時候流出的眼淚最重呢
就是生離死別嗎
是那一次要分開突然回頭
掉下來的一滴眼淚
它的重量
隨著分開的距離而增加
又隨著分開的時間而減少

在飛揚的泡沫中看見陽光的重量
在愛情繽紛的變幻中
看見思想的重量那麼穩定
例如那個囚禁過很多很多靈魂的小島
因為那些靈魂
加上枯骨的重量
那個小島沉沉的
使整片海
看起來都是淚水匯集成的藍

看見妳
我的眼睛就是那片海了
妳是海中那個小島
妳的靈魂和身體的重量
使我累積二十年的眼淚
溢出了我身體的牢房
二十年才匯集成的這一滴眼淚
一定有一個小島的重量
它滴在妳身上
也同時溶解妳身體的牢房了

在海邊嗥叫

因為我一次失誤的狼嗥
造就了妳心中一隻刺蝟
隔著柵欄對望
什麼時候才會覺知
我們都在彼此的牢籠裡
等待出生時就帶著來的
死亡的前兆

思念從肝膽的縫隙結塊
我想用一聲狼嗥震碎結塊的病灶
但離開森林和草原的狼
在海邊嗥叫
被海鷹和鷗鷸啼笑
嗥的聲音越遠
那結塊就越沉重
例如遠方妳居住的那個島
從很遠很久以前到現在
是岩漿所凝結

妳在等待閃電

我的眼角順著牢房的牆沿
看見妳的岩壁
那是妳轉身而立的背脊
還有妳遠遠的
鋼線一樣不動的海平面
那是妳不再說話的唇線

這是沉默之後沉寂的冷硬
然而我知道妳在等待閃電
等待手指的觸摸
那鋼鐵與岩壁的裡面
是妳柔軟的體溫
我的手指例如陽光
例如河流與流雲
緩緩的伸過去
例如閃電觸及妳神祕的土地

沉默是無形的牢房
禁錮的肉體是有形的牢房
思想與愛情的自由
例如海岸線與海浪
圈圍著
這個島嶼
圈圍著妳我蓋起的牢房

只剩下陽光和雲
和閃電
能輕緩又快速的解開
妳牢房的鎖
當我的手指輕緩又快速的
解開妳胸衣的環扣

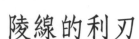
陵線的利刃

起伏的海面
妳身體的曲線
挺出了島的乳峰
妳溫熱的體溫醞釀著浮汁
例如蜂蜜
卻包藏著看不見但銳利的
陵線的利刃
我屢次匍伏著舔嚐
舌的傷口舔出血味
如吠月之犬俯身爬入牢籠

要爬上島的乳峰
如果只是越過水的海洋
我只是泅泳或溺斃
然而凸起的利刃之峰
白雪已皚皚
從牢窗柵欄看見
從前受傷的自己
例如被銳利山峰割裂的雲塊
在身體的牢房裡
安撫已生出血鏽的靈魂

「鐵生著鏽鏽蝕著鐵
樹生出藤藤纏著樹」
看著柵欄外謙卑的落葉

親吻了樹根
那時妳正昂首挺胸走過學院的圍牆
走進一道象牙雕琢的門
你用力把門關上
回視的眼光夾在門縫
例如拋出去又飛旋回來的利刃
例如妳不自覺的偏見與傲慢
夾在那道門縫

我用半生之力把門打開
門內的冰雪全部溶解
成為妳的海洋
我泅泳或則溺斃
妳成為島的乳峰
我成為島的囚犯

我從妳的礦坑出來

我們互換姿勢
我成為河流
妳是剛躺下的山體
我從妳的深山出來
從妳的礦坑出來
身上黏著煤渣
睫毛沾著煤屑
手中握住一塊藍寶石
喔，我從妳的礦坑出來
身上黏著妳的髮絲
手中握住妳的髮夾
口中含著妳的耳環

公海下的母陸

從窗口看見公海上的陽光
而深海下有母陸
傳說中的傳說至上一次文明
人類的記憶基因裡
也有妳我的前世

前世你是腐爛的腐爛的蘋果
我是流浪至地球的一條天龍
因為飢餓而吃下了妳
才蛻變為蛇
被記載著瞋癡
為報復人類而誘惑著人類

現在妳是正在腐爛的腐爛的水蜜桃
妳又說吃我吧
在妳腐爛之前
從窗口可以看見公海上的月光
我握緊鐵窗聽見妳在呼喊
當我們都已救起了彼此
我的島是正在下沉的船
鐵窗已在鏽蝕
腐爛吧
只有腐爛以後才會重新
腐爛後的水蜜桃種子還會發芽

下沉的船
才會真正的看見海洋
看見公海下母陸的記憶裡
上一次的文明
上一世的我們

呼呼呵護一朵玫瑰

我呼呼著體內的真氣
呵護一朵玫瑰
不被海風吹萎
坐在身體的船上
衝破風浪向妳的病床前行

離開一個島向妳
在風浪中呵護一朵玫瑰
為的是
為的是妳曾經向我要過一個瓷杯
放在妳病床的岸上
等我插上一朵玫瑰
像一個島在海上的形狀
那瓷杯像妳站在我面前

在光線弧度中妳的腰那麼纖柔
乳房微微凸起
總之是妳以維納斯的唯美半裸在我面前
告訴我妳燃燒一千度
才從陶變瓷
才從逃變遲
磁引在我面前的瓷杯
為的是在妳瓷杯裡
插上我乘風破浪而仍鮮紅的玫瑰

為的是那朵玫瑰插上以後
在妳病床的岸上
把那硬體的瓷杯
化現為妳的慈悲
妳的慈悲才能將妳是半裸的維納斯
化現為水月觀音

妳來規律我

從妳我看見海洋
從海洋看見藍天
看見太陽看見太陽系
看見銀河系在旋轉
然後看見地球似妳
只是海洋中一個小島似的妳
然而妳在慢慢旋轉的四季
無意中邀我來播種
留下一顆痣在我眼裡
如一個島在海洋中

妳留下了大自然的規律
大於人的律法
限制我連狗都不如
你看看人類的路邊
農民的田園與屋頂
狗和狗貓和貓
在太陽下在月色裡
坦蕩而放肆的叫著交配
這些不道德的不道德的愚癡的畜牲
才會被大自然規律拖們的遺傳法則
一年兩次發情才准有交配的許可
而妳例如颱風或候鳥
一年來這個島一次或兩次
來這個妳送我的囚島探監

妳打開我牢房的鐵門同時打開妳的蓬門
妳是什麼神什麼自然的力量
把我規律了見妳的次數
妳來妳去

妳是世界最長的海岸線
把我和我的囚島旋轉起來例如陀螺
旋轉起來例如銀河系
妳是大自然的規律
用妳的身體
用我的身體限制我

只想取一瓢飲

已到了只取一瓢飲的時候了
我面對大海卻口渴如在沙漠
只求一滴清涼
比眼淚淡一點
只要不會乾曬成鹽
就能灌溉出一點綠意
在我住的島上在妳身體裡

在牢房的窗口
我面對大海卻口渴如在沙漠
他們罰我不得飲水
我用眼淚代替
並向窗口歌唱
他們以為我已失常
我已失憶
努力向窗口唱出
一朵盛開的玫瑰

妳在外面看這窗口
如盲者的眼
如盲者的口
而盲者仍在四處遊唱
但我不是眼盲的荷馬
所有的歌聲到了最後
只為取悅別人

為了取悅自己
我仍繼續面對大海歌唱
希望妳聽見
我口渴如在沙漠
只求一點清涼飲水
只想取一瓢飲

越軌的不安

曾經有一段很長的時間
靜靜的看著
牢房裡佈滿蛛網和灰塵
猶如身體裡累積著雜質
我想用火把燒除
那些雜質

牢房裡禁火
猶如體內禁慾
我從窗口
從夢中
我要求向妳
鑽木取火
妳就躺下來
但不能全部乾掉

把水份慢慢蒸發
再燒掉剩下的
這身體
彷彿偷渡的海上旅館
彷彿都市邊緣違建的汽車旅館
蛛網和灰塵
彷彿靈魂裡的雜質
我們只能用自取的拙火
燒除那些雜質

而現在——
汽車旅館裡擺設的瓷瓶
經過攝氏一千度以上的燒釉
上面的花草山水已褪色
我們在裡面燒不出自身的拙火
在慾火中燒盡了骨架
還想留下兩顆舍利

在我們越軌的不安中
舍利也會慢慢轉黑
我們燒不掉的是人性的病毒
燒不掉的是靈魂斑點似的雜質
燒不掉離開汽車旅館時
順手關燈
還夾在門縫的影子

影子木乃伊

站在路邊等妳七天
影子被車輪壓過一千次
灰塵粘在上面
妳還沒來
影子已硬成黃色

坐在海邊等妳七天
影子被海浪拍擊一萬次
浪花粘在上面
妳還沒來
影子已鹹成藍色

妳的影子還是黑的
自從我的影子不再和它重疊
請妳用灰塵和海鹽將它醃起來
有一天影子也會變成木乃伊
抱著他也會有溫度與重量

島的樂器

妳的島是一個樂器
在飛機上俯望妳
坐船在妳四周轉著看妳
妳的曲身在琵琶與大提琴之間
我不能說清楚
我太敏感那不同音色的東方與西方
我怕樂器的形狀與名稱
也和意識型態有關

最能拍擊出妳聲音的
是那永不疲倦的海浪的手指
妳島的子民　都是音符
妳的海岸線就是最長的樂譜
妳住的音樂島
妳住的身體　裡面的音樂
在古典與現代之間的詩歌

當妳看見時我也聽見
海浪和水鳥
同時從岩穴穿梭而過
我們同時想到
時間之駒穿過石隙的
那首古典詩詞

找到最珍貴的

妳把他送妳冷冷的血鑽石戒指拔下來
讓我看見真正的妳
我從妳身上找到最珍貴的
如從一條河裡找到一塊藍寶石
從海浪沖積的沙灘找到沙金
從妳的舌尖找到珍珠

用雙手以日月的火光日夜交替的打造
藍寶石　沙金　和珍珠的戒指送給妳
我從妳身上找到最珍貴的送給妳
妳把手指伸進那戒指
把戴著戒指的手伸進河裡
那是柔軟的　有陽光和月色的溫度
妳的手指帶著那種溫度
伸向我光滑的岩脊

河流立刻流成金色
河岸都是寶藍的
我彷彿被閃電撫摸而無法動彈

快要變成金藍色的雕像了
妳再把手臂環抱過來
遠山也被金色河流環抱過來
閃電都是彩帶披了過來
妳把妳身上最珍貴的給我
我從妳身上找到最珍貴的給妳

那樣凹凸的過程

載浮載沉
那是一種在能量中換算重量
在重量中累積質量
在質量累積中
不再變質的過程

那是海浪壓著海浪
島抱著島
是冒出雲端的雪峰
雪峰上的火山口
一半在上　一半在下
那是我進入妳的全部之前
在鏡子中看見慢動作
水銀背後的光幕裡
兩艘太空船慢慢接合的過程

在我們記憶中的木屋裡
兩根檜木椿頭牢牢接合為樑
我是凸的　妳是凹的

在亞當和夏娃之前
我們是一體的
我們就按照最初
神用意志將我們掰開的原型
慢慢接合復融合

那樣的過程
載浮載沉
一半是生　一半是死

發芽生根

靜靜的坐著
坐在兩座山峰之間
春天剛開始發芽
心已開始生根
自從對妳止念
我還想
那條記憶中的溪流應該清澈了

靜靜的坐著
右邊的麥飯石
開始在陽光中發酵
直至入夜了
膨脹成嵌有葡萄乾斑點的麵包
左邊的雲母石
在月光中蒸發著泛白
成為不會移動又不想下沉的朵雲
朵雲成鬆散的白饅頭

我在那裡。　我在哪裡？
我突然需要重量

我需要肉體的真實
同樣是飢餓
使我願意
妳的身體以一條小溪

從山裡流出曲線
在兩座山谷之間
在我的兩眼之間發芽
在妳的雙股之間生根

沒有骨骼的地方

我從妳的頭髮尋找
妳從我的指甲
尋找身體裡面最後的一種不滿
不服從死亡的進行式
還在徒長的慾望
而從妳的頭髮我看見夜色和海潮
聽見千絲萬絃的樂音
我的指甲是在夜色和海潮中發亮的岩石
是從一到一萬的琴鍵

我們想從身體裡面一再伸長的骨骼中
尋找已經溶化為水的愛情
最後我們發現
沒有骨骼的地方
充滿了骨氣
充滿了所有的慾望
我的眼睛
唇和生殖器
妳的乳房和舌頭

腳底的刺痛

河裡密佈刺痛腳底的石塊
如生活中瑣碎的煩惱
我無法停止對妳的思念
如我無法停止河水向妳那邊流出
如果我的思念沉澱成河裡銳利的石塊
我仍必須赤足溯溪而上
腳底的刺痛
一步一步上升為思念
無法停止的河水
如妳的肌膚輕柔拂身

對妳的思念漸漸寬容為一條河流
我赤足溯溪而上
看著妳的身體漸漸舒展成一條河流
我赤裸溯溪而上
上游躬起了彩虹
我一步一步上升
腳底的刺痛已是一種舒癢
對妳的思念
如對彩虹的信仰

月色的溫度

我試探夜空的深度
夜色的溫度
我撫摸妳的皮膚
如撫摸夜色
夜色的深處
被我撫摸出月色

月色在玫瑰紅的花蕊中
從妳的嘴唇
我試探月宮的高度
月色的溫度
我摸到了月球表面的第一道溪流
我摸到了人類的驚喜

夢溫泉

溫泉的形狀
是我們夢的形狀
我們沉浸在夢中測試溫度
彼此的體溫正被溶解

我們被夢包圍
被溫泉的霧氣包裹

我們的身體已上升著
我們身體的溫度

我們的靈魂泡在身體的溫泉中
我們的身體
泡在夢中
泡在溫泉的形狀裡

去年冬天
在偏遠東部紅葉谷深處
一個紅葉狀的溫泉
泡著我們白皙的身體
燙著我們紅色的夢
今年春天
那溫泉的夢離得更遠了

海岸線放出去的一只風箏

落在一個綠島的身體裡
一個更深沉的夢
一個海底溫泉
我們在那樣形狀的夢中
彷彿要下地獄
當海水從地底溫溫的浮上來
我們彷彿已浮在天堂的夢中
泡著我們彩虹的身體

吞服藥石

為了足夠體力泅泳
以身體為筏
渡過床海
妳按日服食銀杏藥和銀合歡花
我按時吞下陽起石與海狗丸
我們同時吞服空中和地下的元素

然而那些元素同時具有沉澱和凝固記憶的功能
向上升起想像同時反彈向下
堆積記憶
向上發揚的同時
腳印落在塵埃中
我們因此更加無法忘記彼此的身體
那吞服的藥石只會增加我們的重量
在水中看見更多火的記憶

我們在床海的波濤裡下沉又浮起
如果遲早必須棄筏溺斃
不如現世就成為兩個互相擁抱記憶的島嶼

腥芒

我是黃昏時才醒來的一顆星
坐在市郊的山上垂釣妳的夜色
月亮是夜海上浮起的浮標
在妳的窗口浮沉
什麼才是妳喜歡的餌

如果一點點星芒
就是妳喜歡的餌
妳爬上高樓的樓頂
妳浮出夜海
月亮的浮標跟著浮起

我身上散發的一點點腥芒
就是妳喜歡的餌了
妳坐在我的窗口
依靠著夜色
也依靠著我的肩膀

不存在的天使

我們何曾真正相信過水上的月光
甚於相信自己的影子
我們往往不相信歲月摧老
卻認真看著一株穗葉垂老
我們何曾真正相信過對方
相信對方的陰影
甚於相信死亡的真實

當我真正相信妳時
妳是不存在的天使
妳是存在的神時我如何接近妳
我不該相信妳
不該相信妳是天使
是神的傳令
但我不得不承認妳確是她
因為妳能使我成為螢火
那麼幽微又那麼炙焰

那麼短暫
而能以一點平靜的螢光
橫渡怒濤掀浪的海洋
那是不可能的而卻成為可能
妳使妳是一塊煤塊中的化石
在我的烈焰中成金
使我在妳裡面懷孕
妳不是不存在的天使

就是要就是藥

妳的殖民者把他們自己
認為有毒的植物
都殖民在一個小小的島上
他們把那個小島
管理成一個巨大的試驗的盆栽
（時間永遠是最有效的催化劑）
那些有毒的植物有些已異化
開出異化似的異花
證明不是無花果
在等待結果中
妳我的殖民者已長大成人
回來觀光這個被觀光氾濫的島

後來有毒的植物都被研發出藥性
他們不承認那也是中藥
只有我知道因我曾是園丁
曾經在那個盆栽似的小島上
管理好多好多盆栽
我深知植物體內也有
陽起石裡也有的藥性
例如我送妳的盆栽
窗口陽台的金針花
到了五月第二個星期開花了又名療愁草
可以治療戀母宿疾
例如妳常說的

妳常說母親告訴妳
凡是綠色植物都是藥
都是要都是要妳去思想才知道

妳去思想才知道
我是一種紅色的
生長在相思樹根的百年紅靈芝
在太陽下散發著月暈
我就是藥
就是要
妳來嚐

妳百年歷史所鬱結的痼疾
只有這藥
這要
這妳要才有可能
進入妳體內響應的春雷

後記

　　一九七〇年代末至一九八〇年初，兩岸政經結構在世界冷戰架構逐漸鬆綁的過程中開始了胎動與互動，台灣以「夏潮」雜誌在台灣政治、經濟、文化、社會乃至思想與文學的探討中，形成了左派知識份子的中心，從這中心輻射或質裂出去的黨外民主運動過程，我從中心走向邊緣又走回來，彷彿薄薄的迴旋竹標，或者不落地的樹葉，我看著自己身後的拋物線和眼下的海岸線，有時真像雙螺旋的染色體，真的，生命應該如此上升。或者說文明吧，是會如鐘擺或蛇行式的匍伏前進，還是立體的可以俯視和回顧的，雙螺旋染色體式的上升？

　　在這樣的擺蕩中，我認識不少在冷戰架構中因思想問題而入獄綠島的朋友，如已逝的楊達先生，如始終不想再提而只以「遠行」說的陳映真兄，如林華洲兄，如李敖兄，如陳明忠先生，如施明德先生，柏楊先生，其中最令人難於置信又佩服的是林書揚先生，入獄一次三十二年才出獄，出獄後仍是那麼冷靜清晰的書寫著他唯物史觀的論述。當然台灣還有更多我所未曾認識與接觸的左或右，統或獨的綠島政治犯的朋友，但我卻在各種場合聚會中，不斷聽到，或從有限的文字資料中知道他們的愛情及婚姻；人世的，人生的悲歡離合陰晴圓缺再深甚者也不過如此，常有將之書寫的想法。林華洲兄身歷其境後寫的一首詩「綠島野百合」，一直鼓勵我持續寫下去。一次秋末與一位詩友在東海岸的交談中，更增加了寫的勇氣，他舉了聶魯達的說詞「義務與愛情是我的雙

翅」，聶魯達也說海岸線是世界上最長的一條線。而泰戈爾不也說不被知道的愛情是世界上最長的距離嗎？！

在寫著《西爪寮詩輯》時已動筆寫這本詩集中的一些詩，那時覺得「西爪寮」是夢土上的堡壘，也曾從堡壘的窗口偷窺著愛情的蜃樓。但從卑南溪的出口常看見綠島，這遙遠而模糊的距離使我延擱了情詩的書寫。如今只將耳聞別人的經歷和自己的感受交叉書寫成這本詩集的詩，心中仍有不安。雖然，文學也有虛構中的真實與非虛構的真實。

從書寫台東海岸、蘭嶼至綠島外獄書三本詩集可視為三部曲。而此詩集中最早的詩寫於十年前，只因我一直視之為不甚重要的情詩而耽擱在書架底層的抽屜裡。於今已是邁入中年，對於道德經中的「吾之所以有大患者，為吾有身」雖有所體會，但無法了然，猶如我們無法了然愛情在人類的重量，或許愛情與詩是同父異母或同母異父的人類的一種特權。因此我還是把偷渡似的默默寫成的三百多首一萬餘行的情詩分成二階段出版。詩應該是適合於朗誦和閱讀的，猶如對著情人或鄰居口語似的獨白與對白。

二〇〇七年是台灣解嚴二十年，這是一個巧合，也是一個可以安排的巧合，在二〇〇七年的最後一星期出版詩集《綠島外獄書》，彷彿一個句點，但其實有更多的問號與驚嘆號。假如兩岸的關係是二次大戰後冷戰架構的延續，而現今的中國大陸已是人類無法忽視的存在，解嚴應是促成兩岸關係的良善發展，因此，解嚴的紀念以情詩的形式加以反省或批判，或對於個人與時代的歷史，對人的身體與心靈的觀照，也未嘗不可。

國家圖書館出版品預行編目

餘燼再生：綠島外獄書續篇 / 詹澈著. -- 一版.
　-- 臺北市 :秀威資訊科技 , 2008.11
　　面；　　公分. --(語言文學類 ; PG0202)

BOD版
ISBN　978-986-221-117-5（平裝）

851.486　　　　　　　　　　97021380

語言文學類　PG0202

餘燼再生：綠島外獄書續篇

作　　　者／詹　澈
發　行　人／宋政坤
執　行　編　輯／林世玲
圖　文　排　版／郭雅雯
封　面　設　計／蔣緒慧
數　位　轉　譯／徐真玉　沉裕閔
圖　書　銷　售／林怡君
法　律　顧　問／毛國樑　律師
出　版　印　製／秀威資訊科技股份有限公司
　　　　　　　　台北市內湖區瑞光路583巷25號1樓
　　　　　　　　電話：02-2657-9211　傳真：02-2657-9106
　　　　　　　　E-mail：service@showwe.com.tw
經　　銷　　商／紅螞蟻圖書有限公司
　　　　　　　　台北市內湖區舊宗路二段121巷28、32號4樓
　　　　　　　　電話：02-2795-3656　傳真：02-2795-4100
　　　　　　　　http://www.e-redant.com

2008 年 11 月　BOD 一版
定價：350 元

讀 者 回 函 卡

感謝您購買本書，為提升服務品質，煩請填寫以下問卷，收到您的寶貴意見後，我們會仔細收藏記錄並回贈紀念品，謝謝！

1. 您購買的書名：_____

2. 您從何得知本書的消息？

    □網路書店　□部落格　□資料庫搜尋　□書訊　□電子報　□書店

    □平面媒體　□ 朋友推薦　□網站推薦 □其他_____

3. 您對本書的評價：(請填代號　1.非常滿意 2.滿意 3.尚可 4.再改進)

    封面設計____　版面編排____　內容____　文/譯筆____　價格____

4. 讀完書後您覺得：

    □很有收獲　□有收獲　□收獲不多　□沒收獲

5. 您會推薦本書給朋友嗎？

    □會　□不會，為什麼？_____

6. 其他寶貴的意見：_____

_____

_____

_____

讀者基本資料

姓名：_____　年齡：_____　性別：□女 □男

聯絡電話：_____　E-mail：_____

地址：_____

學歷：□高中(含)以下　□高中　□專科學校　□大學

    □研究所(含)以上 □其他_____

職業：□製造業 □金融業 □資訊業 □軍警 □傳播業 □自由業

    □服務業 □公務員 □教職　□學生 □其他_____

To：114

台北市內湖區瑞光路 583 巷 25 號 1 樓

秀威資訊科技股份有限公司　　　收

寄件人姓名：

寄件人地址：□□□

(請沿線對摺寄回,謝謝!)

秀威與 BOD

BOD（Books On Demand）是數位出版的大趨勢，秀威資訊率先運用 POD 數位印刷設備來生產書籍，並提供作者全程數位出版服務，致使書籍產銷零庫存，知識傳承不絕版，目前已開闢以下書系：

一、BOD 學術著作—專業論述的閱讀延伸
二、BOD 個人著作—分享生命的心路歷程
三、BOD 旅遊著作—個人深度旅遊文學創作
四、BOD 大陸學者—大陸專業學者學術出版
五、POD 獨家經銷—數位產製的代發行書籍

BOD 秀威網路書店：www.showwe.com.tw
政府出版品網路書店：www.govbooks.com.tw

永不絕版的故事・自己寫・永不休止的音符・自己唱